Chère lectrice,

Voici revenu le mois de décembre et ses innombrables décorations de Noël. Plus que quelques jours pour illuminer le sapin et emballer les cadeaux… Mais Noël est aussi l'occasion de se détendre et de s'amuser, alors pourquoi ne pas profiter des plaisirs que vous offre la collection Horizon durant les fêtes de fin d'année ?

A tout seigneur tout honneur : je vous invite à commencer par *La princesse amoureuse* (n° 1980), le dernier volume de votre minisérie Idylles et Secrets au Royaume d'Edenbourg. Pour démasquer les ravisseurs de son père, la princesse Isabel se déguise et bénéficie de la complicité d'Adam, fringant capitaine qui l'aime en secret depuis des années…

Dans *Une famille pour Noël* (n° 1981), Eve est confrontée au mépris de Matt Kingston, qui la soupçonne d'avoir intrigué auprès de son frère récemment disparu pour toucher une part d'héritage… Pourtant, c'est bien l'amour qui va les rapprocher et leur permettre de fonder la plus belle des familles…

L'amour frappe également dans *Le rêve d'une vie* (n° 1982). Dans ce roman plein de charme, la jolie Zoé Wallace ne supporte pas la moindre critique au sujet de Hiho, la petite ville où elle habite ; Mace Mason, un journaliste chargé de faire un reportage sur cette petite bourgade de l'Ohio, va en faire les frais… avant de se laisser séduire !

Pour sacrifier à la tradition, j'ai également choisi ce mois-ci une belle histoire de Noël. *Le plus merveilleux des Noëls* (n° 1983) vous raconte en effet comment Zach Lucas, coincé chez les Collins à cause d'une tempête de neige, va succomber au charme de la belle Jenny et de ses deux enfants, Lisa et Andy.

Pour tout l'amour du monde (n° 1984) séduira enfin les plus romantiques d'entre vous. Vous y verrez en effet que les premières impressions que l'on a de quelqu'un sont parfois bien trompeuses. C'est l'expérience que fait Elaine ~~au sujet~~ ~~de~~ ~~~~ ~~~~ qui est responsable de sa fa~~~~

Bonne lecture et très bon~~~~

La princesse amoureuse

CARLA CASSIDY

La princesse amoureuse

COLLECTION HORIZON

*éditions*Harlequin

Cet ouvrage a été publié en langue anglaise
sous le titre :
AN OFFICER AND A PRINCESS

Traduction française de
CHRISTINE BOYER

HARLEQUIN®

est une marque déposée du Groupe Harlequin
et Horizon® est une marque déposée d'Harlequin S.A.

Originally published by Silhouette Books,
division of Harlequin Enterprises Ltd.
Toronto, Canada

Toute représentation ou reproduction, par quelque procédé que ce soit, constituerait une contrefaçon sanctionnée par les articles 425 et suivants du Code pénal.
© 2001, Harlequin Books S.A. © 2004, Traduction française : Harlequin S.A.
83-85, boulevard Vincent-Auriol, 75013 PARIS — Tél : 01 42 16 63 63
Service Lectrices — Tél. : 01 45 82 47 47
ISBN 2-280-14397-6 — ISSN 0993-4456

1.

Le capitaine Adam Sinclair détestait attendre.

Avec un soupir, il consulta sa montre avant de regarder de nouveau la porte close du bureau d'Isabel Stanbury, guettant le moment où elle s'ouvrirait.

Princesse d'Edenbourg et en service spécial auprès du Ministère de la Défense, Isabel était surtout la femme qui hantait son esprit... Pourtant, rien ne pourrait se passer entre eux, jamais, même si dans ses rêves, il se plaisait trop souvent à l'imaginer.

Il patientait depuis dix minutes seulement mais ce bref laps de temps lui semblait une éternité tant il brûlait d'impatience de la revoir et d'apprendre ce qu'elle tenait à lui dire.

Lorsqu'elle lui avait téléphoné pour lui fixer ce rendez-vous, elle paraissait surexcitée, presque exaltée, et Adam s'en inquiétait. Isabel était solide et équilibrée, et se laissait rarement submerger par ses émotions. Néanmoins, au bout du fil, elle lui avait réellement donné l'impression de ressentir une intense agitation intérieure.

Il lutta contre l'envie de se lever pour arpenter la petite salle d'attente. Comme si elle devinait sa nervosité, la secrétaire d'Isabel posa un instant les yeux sur lui mais ne lui fit pas grâce d'un sourire encourageant.

Ces temps-ci, en effet, les sourires se raréfiaient à Edenbourg. Trois mois plus tôt, le roi Michael avait été kidnappé, plongeant tout le pays dans le chaos. Depuis lors, son fils Nicholas, le prince héritier, avait fait l'objet à son tour de deux tentatives d'enlèvement, et se cachait en lieu sûr après avoir été déclaré mort par les autorités. Le frère de Michael, Edward, était donc monté sur le trône. En d'autres termes, la situation du royaume était catastrophique.

Adam n'était pas là au moment de la disparition du monarque. Il se démenait alors comme un beau diable pour tenter de prouver l'innocence de son propre père. Mais bien entendu, il avait différé cette tâche délicate quand Isabel lui avait demandé de revenir pour prendre la direction des opérations de recherches.

Et depuis deux mois, il consacrait son temps et son énergie à travailler sur cette enquête, à suivre des pistes, à interroger l'entourage du souverain… sans aucun résultat jusqu'à présent.

— Commandant, la princesse vous attend, lui annonça soudain la secrétaire.

Avec un hochement de tête, il se mit sur pieds et réajusta sa veste. Un haut gradé de la Marine Royale d'Edenbourg se devait d'être toujours tiré à quatre épingles, et Adam accordait beaucoup d'importance à sa tenue. Aucun grain de poussière ne venait ternir son bel uniforme, aucune mèche ne dépassait de sa coupe de cheveux militaire. Conscient d'appartenir à un corps prestigieux, il s'efforçait de s'en montrer digne.

Il était donc plus important pour lui que pour quiconque de laver de tout soupçon la réputation de son père, ternie par des rumeurs et des insinuations déshonorantes.

Résolument, il écarta ces sombres pensées en frappant à la porte du bureau d'Isabel.

Lorsqu'il pénétra à l'intérieur et la salua avec raideur, la princesse se leva.

— Bonjour, commandant, lui dit-elle de sa voix rauque et profonde qui le faisait toujours frissonner. Je vous en prie, asseyez-vous.

D'un geste, elle lui désigna un fauteuil en face d'elle. En prenant place, il s'interdit de remarquer à quel point elle était ravissante. Comme à l'accoutumée, elle était vêtue de l'uniforme bleu foncé des officiers de marine, brodé à la poitrine des armes de la famille royale.

En revanche, les larges cernes qui soulignaient ses magnifiques yeux de jade, tout comme le désordre de ses longs cheveux noirs, étaient tout à fait inhabituels et donnaient à la jeune femme un côté vulnérable qui ne lui ressemblait pas.

A la sentir si manifestement fatiguée et énervée, une certaine tension s'empara de lui.

Les trois derniers mois avaient été difficiles pour elle, il le savait. Même si elle n'avait pas toujours partagé l'opinion du roi Michael à propos de ses obligations princières, Adam n'ignorait pas l'immense amour qu'elle portait à son père.

Au lieu de se rasseoir, elle contourna son bureau et s'y appuya, lui offrant une vue parfaite de ses longues jambes galbées qu'il devinait sous sa stricte jupe étroite. Combien de nuits avait-il passées à fantasmer sur son corps de rêve ?

La princesse Isabel Stanbury n'était pas jolie au sens traditionnel du terme, mais ses traits décidés et volontaires, possédaient une indéniable beauté. Ses prunelles surtout, d'un superbe vert émeraude, ensorcelaient littéralement Adam. Elle avait hérité du petit nez bien droit des Stanbury et quand elle souriait, ses lèvres sensuelles auraient damné un saint.

Comme toujours, l'atmosphère entre eux se chargea d'électricité.

— Merci d'être venu, dit-elle. Il y a du nouveau.

Il la fixa avec curiosité, avide d'apprendre un scoop qui pourrait permettre à l'enquête de progresser.

— De quelle sorte ?

Lors du dernier rebondissement en date de l'affaire, la princesse avait en effet failli se faire tuer et Adam réprima avec peine un frisson en se souvenant qu'elle avait frôlé la mort de si près.

Elle se pencha en arrière pour attraper une feuille de papier. Par ce mouvement, sa veste se tendit, soulignant la courbe généreuse de ses seins, et Adam eut l'impression que la température de la pièce grimpait soudain de plusieurs degrés.

Résolument, il détourna les yeux et s'interdit de la regarder avant qu'elle ne lui tende une liste de noms. Il les parcourut avec attention. Tous lui étaient inconnus.

— De qui s'agit-il ? s'enquit-il en fronçant les sourcils.

— Des amis et complices de Shane Moore. Meagan, sa sœur, les a répertoriés pour moi.

Avec difficulté, Adam s'efforça d'ignorer la proximité d'Isabel. Les fragrances de son parfum flottaient dans l'air et il se raidit pour ne pas se laisser envoûter par ces délicieuses senteurs.

— Et qu'avez-vous exactement l'intention d'en faire ?

Elle se rassit sur le bord de son bureau.

— Découvrir ce qu'ils savent. Je suis sûre que certaines de ces personnes sont au courant du lieu où est séquestré mon père et de l'identité du responsable de son enlèvement. Shane Moore n'était sans doute qu'un pion sur l'échiquier du cerveau de l'affaire et je veux démasquer ce dernier.

Ses prunelles vert émeraude brillaient d'un éclat déconcertant. Adam y vit le signe annonciateur d'ennuis à venir.

Lorsque Isabel s'était enrôlée dans les services secrets de la marine, Adam était à l'époque son commandant. Il avait très vite repéré chez elle une intelligence et une indépendance d'esprit hors du commun. Il n'avait pas non plus tardé à découvrir qu'elle était têtue et détestait rester en arrière si elle avait la possibilité de monter en première ligne.

Il avait toujours refusé de s'arrêter aux autres aspects de sa personnalité, les trouvant trop séduisants. De même, il s'employait à effacer de sa mémoire la douceur de ses cheveux sous ses doigts, la chaleur de son corps pressé contre le sien.

De toute la force de sa volonté, il refoula le souvenir du seul moment où ils avaient failli, l'un et l'autre, oublier qui ils étaient et où ils s'étaient presque embrassés. Presque.

— Et qu'est-ce qui vous fait penser que ces individus vous parleraient, voire se confieraient à vous ? demanda-t-il, tentant de se focaliser sur sa mission et non sur un bonheur jamais abouti.

— Je vais les approcher sous une identité d'emprunt, en me déguisant.

Elle leva le menton et planta ses yeux dans les siens comme pour le défier de l'en empêcher.

— Dois-je rappeler à Votre Altesse qu'il y a moins d'une semaine, elle a été à deux doigts de se faire tuer ?

Jamais Adam ne lui avouerait combien de fois il avait revécu dans ses cauchemars la scène où Shane Moore avait pointé son arme sur elle.

— Sans le réflexe de votre cousin, Luke, nous n'aurions pas cette conversation, poursuivit-il. Vous n'en auriez d'ailleurs plus aucune avec quiconque.

D'un geste de la main, elle refusa de dramatiser les événements.

— Je ne suis toujours pas convaincue de l'innocence de Luke dans la disparition de mon père.

— Il vous a sauvé la vie, remarqua Adam.

Elle hocha la tête, le regard brillant d'intelligence.

— C'est vrai mais n'a-t-il pas, du même coup, réduit au silence un complice ?

— Cette éventualité m'a également traversé l'esprit, reconnut-il avec un gros soupir. Bref, pour en revenir à votre projet, comment pouvez-vous songer sérieusement à vous travestir ? Votre visage est en permanence dans les journaux ! Au premier coup d'œil, vous serez reconnue !

Par association d'idées, Adam repensa aux photos qui avaient fait la une des magazines, dernièrement. Sur ces clichés, Isabel dansait avec un de ses cousins éloignés, Sebastian Lansbury, un joli garçon, du reste. Grand, mince, d'une rare élégance, ce Sebastian incarnait le parfait dandy.

Les gros titres annonçaient leurs fiançailles imminentes et Adam avait été surpris d'en éprouver un tel coup au cœur. De toute façon, ce bellâtre aux traits efféminés ne correspondait en rien à l'homme dont avait besoin une femme comme Isabel, au caractère fort, affirmé et passionné.

— Les gens ont l'habitude de me voir en princesse, répondit-elle en commençant à arpenter la pièce.

Chaque fois qu'elle passait devant lui, les effluves de son parfum chatouillaient les narines d'Adam et chamboulaient ses sens.

— Croyez-moi, poursuivit-elle. Je peux m'arranger pour que personne ne me reconnaisse.

— Cette mise en scène serait absurde, répliqua sèchement Adam.

— Pourquoi ? rétorqua-t-elle.

Il avait toujours admiré chez elle cette indépendance d'esprit qui la poussait à demander des explications rationnelles au lieu de se plier servilement à une décision, à une autorité. D'ailleurs, cette qualité allait de pair avec sa capacité à rester ouverte aux suggestions émanant de ses subordonnés. Pourtant, cet aspect de sa personnalité l'irritait en même temps.

Brusquement, elle cessa de faire les cent pas et se posta devant lui.

— Dites-moi pourquoi vous jugez mon plan idiot, répéta-t-elle.

« Parce que je n'ai pas envie qu'il vous arrive malheur, parce que je ne peux pas imaginer le monde sans vous. »

Bien sûr, il ne lui avoua pas le fond de sa pensée, il le lui cacherait toujours.

— Shane Moore faisait partie de la lie de la société. C'était un homme dangereux et il y a fort à parier que ses amis et complices sont du même acabit.

— Le danger ne m'a jamais fait peur.

— C'est la raison pour laquelle vous auriez tort de vous lancer dans cette aventure. Le roi Michael, vous ne l'ignorez pas, aurait voulu… aurait voulu vous savoir ici, à travailler en sécurité et non pas à monter en première ligne, à vous exposer, à risquer votre vie.

En remettant sur le tapis ce sujet — objet de tant de discussions et de tensions, dans le passé, entre le père et la fille — il l'avait agacée, il le sentit aussitôt.

Elle fronça les sourcils.

— Père aimerait que chacun de nous se démène pour le retrouver, j'en suis persuadée. J'en ai assez d'attendre, les bras croisés, que quelqu'un d'autre y parvienne. De toute façon, l'enquête est au point mort. Cela ne peut plus durer !

D'un air déterminé, elle se remit à sillonner son bureau.

— Nous savons que Shane Moore a organisé l'enlèvement du monarque et celui de Ben.

Un mois plus tôt, Benjamin Lockhart, le cousin d'Isabel, avait accepté de servir de doublure à Nicholas, le prince héritier, pour être kidnappé à sa place par Shane. La sœur de ce dernier, Meagan, avait permis à Ben de s'échapper. Mais quand Ben, Adam et Isabel avaient tenté d'encercler la maison de Meagan pour arrêter Shane et ses complices, Luke, le cousin américain de la princesse, avait fait échouer l'entreprise en tuant Shane.

S'emparant de la feuille de papier, Isabel la secoua sous le nez d'Adam.

— Cette liste est le seul moyen qu'il nous reste pour découvrir où Père est retenu prisonnier et qui l'a enlevé ! Le seul ! Toutes les autres pistes nous ont menés à des impasses. Mais la clé de l'énigme se trouve parmi ces noms, reprit-elle avec ferveur. Il n'y a pas de temps à perdre. Comprenez-moi, Adam ! Grâce à Meagan, nous avons appris que mon père a été victime d'une crise cardiaque. Peut-être un second infarctus l'a-t-il terrassé depuis lors et peut-être est-il mort, abandonné, loin des siens, dans un endroit sordide, comme un chien !

A ses yeux brillants, il devina qu'elle était au bord des larmes. Il ne voulait pas la voir pleurer. Une seule fois auparavant elle s'était effondrée devant lui et, à l'époque, la détresse de la jeune femme avait failli lui faire franchir la ligne interdite.

Résigné, il poussa un gros soupir.

— Vous avez donc vraiment l'intention de vous déguiser pour vous mêler à des criminels ?

Elle hocha la tête, ses beaux cheveux bruns caressant ses épaules. Après une profonde inspiration, elle recouvra, comme par magie, la maîtrise des émotions qui l'avaient momentanément submergée.

— Lorsque Meagan m'a remis cette liste, j'ai demandé à Ben d'enquêter sur ces individus. Je devrais recevoir des photos et des renseignements sur chacun d'eux avant ce soir.

Décidément, elle est efficace, songea-t-il.

— Je n'arrive pas à croire que votre cousin approuve votre idée.

— Ben a beaucoup changé depuis qu'il a joué le rôle de Nicholas et a été kidnappé à sa place. Il comprend ce que je ressens et, comme moi, il pense que si mon père est toujours vivant, il faut tout mettre en œuvre pour le retrouver au plus vite. De surcroît, il sait que j'irai jusqu'au bout, avec ou sans son soutien.

Fièrement, elle redressa le menton.

Incapable de rester assis, il se leva.

— C'est de la folie ! répliqua-t-il dans une dernière tentative pour la faire changer d'avis. En vous jetant tête baissée dans cette aventure, vous iriez au-devant de graves dangers. Transmettez-moi ces informations et je nommerai quelqu'un pour exécuter cette mission. Je connais des

15

dizaines d'hommes et de femmes prêts à tout pour venir en aide au roi.

— Non, je veux m'en charger personnellement, Adam... J'en ai besoin, le supplia-t-elle. Je me suis déjà organisée pour réserver une chambre à la Taverne des Soldats du Roi. Meagan m'a dit que son frère et les individus dont elle nous a donné les noms y passaient beaucoup de temps.

Cet hôtel était situé non loin du palais. Malgré son enseigne, il n'était pas fréquenté par les militaires de l'armée royale mais par des voyous de la pire espèce. L'endroit avait très mauvaise réputation et la police s'y rendait souvent pour faire cesser une bagarre ou arrêter des ivrognes. Le projet d'Isabel ne plaisait pas du tout à Adam.

Mais rien qu'en la regardant, il savait qu'il était inutile de vouloir lui faire entendre raison. Elle ne renoncerait pas à son idée. Le visage buté, elle le fixait avec un air de défi. Elle comptait vraiment se rendre dans ce lieu de perdition !

— Et quel est votre plan de secours au cas où les choses tourneraient mal ? Comme je vous l'ai moult fois répété pendant vos classes, il ne faut jamais se lancer dans une entreprise périlleuse sans assurer ses arrières.

— Disons que *vous* êtes mon assurance-vie.

Il la dévisagea avec surprise.

Comme elle se rapprochait de lui, son parfum l'enveloppa de nouveau. Dans l'esprit d'Adam, ces flagrances envoûtantes étaient associées à de chaudes nuits d'été, à la douceur d'une peau de satin.

Il lutta contre l'envie de s'écarter d'elle, refusant de lui laisser deviner le trouble dans lequel elle le jetait.

— Et quel rôle avez-vous l'intention de me faire jouer ? s'enquit-il.

Avec un petit sourire, elle fouilla dans la poche de sa veste.

— Je vais incarner Bella Wilcox, la cousine de Shane Moore. Et vous serez Adam Wilcox, ajouta-t-elle en lui glissant une alliance à l'annulaire. Mon légitime époux.

Quand Adam quitta son bureau, Isabel se cala dans son fauteuil avec un soupir de soulagement. Sans perdre de temps, elle contacta sa secrétaire.

— Laura, s'il vous plaît, merci d'annuler tous mes rendez-vous pour les deux semaines à venir.

Elle perçut l'étonnement de sa collaboratrice mais cette dernière était trop professionnelle pour se permettre de l'interroger. Incapable de rester en place, Isabel se remit à faire les cent pas dans la pièce.

Si elle avait eu le choix, elle aurait pris quelqu'un d'autre pour être son « mari » dans cette mise en scène. Dans le passé, elle avait souvent effectué des opérations d'espionnage aux côtés d'Adam et travailler avec lui ne l'ennuyait pas.

En revanche, ses yeux gris, ses longs cils sombres, ses larges épaules, sa haute stature et ses hanches minces lui posaient un véritable problème…

Chaque fois qu'il la regardait, elle oubliait son statut de princesse, ses devoirs et ses responsabilités. Elle oubliait sa mission, elle oubliait tout pour n'être plus qu'une femme avec des désirs et des envies…

A une époque, à la simple vue d'Adam, elle perdait tous ses moyens. Le cœur battant, les jambes faibles, elle sentait une douce chaleur l'envahir. Elle savait donc qu'il aurait été plus sage de désigner quelqu'un d'autre pour mener à bien cette opération secrète.

Mais cette entreprise délicate exigeait le meilleur officier, et aucun ne surpassait Adam. Supérieurement intelligent et bien entraîné, Adam Sinclair était le seul homme au monde en qui elle pouvait avoir entièrement confiance. Avec lui à ses côtés, elle réussirait, elle n'en doutait pas.

Adam était aussi le seul homme au monde à l'avoir vue un jour pleurer. Avec un froncement de sourcil, elle tenta d'effacer de sa mémoire cet épisode. A ce moment-là, elle se croyait follement amoureuse de lui. Comme une idiote, elle s'était pratiquement jetée à son cou… et Adam était resté de marbre, très professionnel. Quelle cuisante humiliation !

Ce n'était pas le moment d'y penser. Cet instant de faiblesse appartenait au passé, elle était jeune alors. A présent, elle devait se focaliser sur sa mission. Son plan était risqué, elle le savait, car les ravisseurs de son père étaient de dangereux criminels. Mais elle ferait tout ce qu'elle pourrait pour retrouver le roi et mettre fin au chaos dans lequel était plongé ce pays qu'elle aimait tant.

Ce soir, elle allait déclarer à son entourage qu'elle avait besoin de solitude et qu'elle partait quelque temps. Et dès demain, elle commencerait à jouer le rôle de Bella Wilcox, cousine de Shane Moore et épouse d'Adam.

Elle frissonna, ignorant ce qui l'angoissait le plus : côtoyer des bandits ou vivre en prétendu couple avec Adam Sinclair…

2.

L'intérieur de la Taverne des Soldats du Roi était pire que ce qu'Adam avait imaginé. Dès qu'il entra, une épaisse fumée de cigarettes le prit à la gorge et lui irrita les yeux.

Indépendamment de l'air irrespirable, il régnait dans la salle une atmosphère lourde de tensions. Les haleines avinées, la nervosité ambiante et les visages patibulaires donnaient à penser qu'une bagarre pouvait éclater à tout moment.

Les boules de billards s'entrechoquaient sur le tapis vert, les chopes et les bouteilles frappaient les tables : le tapage des joueurs et le brouhaha des consommateurs étaient assourdissants.

Repérant un tabouret libre au bar, Adam s'y dirigea, conscient des regards curieux qui suivaient sa progression.

Même s'il n'essayait pas de capter l'attention des voyous qui l'entouraient, il ne voulait pas non plus détourner la tête. Dans ce genre d'endroit, tout signe de faiblesse serait interprété comme une invite à une altercation, il le savait. S'il ne craignait personne, il ne cherchait pas non plus les ennuis.

Pour Isabel comme pour lui, il était important d'adopter un profil bas. Il préférait que personne ne l'étudie de trop près. Etre reconnus ici les mettrait immédiatement en danger.

Il s'installa sur son siège, laissa tomber son sac de voyage à ses pieds et fit signe au barman. Ce dernier s'approcha avec la mine désabusée de quelqu'un qui aimerait mieux être ailleurs.

Adam commanda une bière avant de passer la main sur ses mâchoires. Pour parfaire son déguisement, il ne s'était pas rasé depuis la veille et sentir sous ces doigts cette barbe de deux jours le déconcertait. Il avait également troqué son uniforme contre un jean et un T-shirt noir.

Comme le garçon déposait devant lui une chope dégoulinante de mousse, Adam s'en saisit et se retourna pour observer la salle.

Isabel ne devrait pas tarder à le rejoindre. Lui-même avait préféré arriver tôt pour se faire une idée des lieux. S'il connaissait l'établissement de réputation, il n'y était jamais entré auparavant.

Cet endroit ne lui plaisait pas. Il ne lui plaisait même pas du tout. Il puait la violence et le mensonge. Adam aurait mis sa main à couper que la majorité des hommes qui l'entouraient étaient des criminels. Quant aux femmes, elles ne lui faisaient pas meilleure impression. L'une d'elles, en particulier, attira son attention.

Tape-à-l'œil, sa tenue aux couleurs criardes et ses cheveux d'un roux flamboyant détonnaient au milieu de ces gens habillés de noir et de gris. Son chemisier pailleté d'or, moulant et largement échancré — à la limite de l'indécence — , soulignait une magnifique poitrine et un ventre plat.

20

Elle portait une petite jupe noire qui couvrait à peine le haut de ses cuisses et moulait ses fesses bien rondes. Si elle s'avisait de se pencher, les consommateurs se rinceraient l'œil à peu de frais, pensa Adam. Pourtant, il ne pouvait s'empêcher d'admirer les superbes jambes de l'inconnue, juchée sur des chaussures rouges à talons aiguilles.

Sans doute une prostituée, se dit-il en la regardant discuter avec un type à moitié ivre qui la reluquait avec concupiscence.

Comment l'en blâmer ? Même si dans l'obscurité, Adam ne parvenait pas à distinguer les traits de la jeune rouquine, si son visage était à la hauteur de son corps, elle devait être magnifique !

A l'observer de loin, Adam sentit le sang brûler ses veines et il se rendit compte qu'il y avait bien longtemps qu'il n'avait pas approché une femme. Depuis la disparition de son père — qui remontait à plus d'un an — il consacrait son existence à tenter de le disculper des soupçons qui pesaient sur lui. Il n'avait eu ni le temps, ni l'envie, de se lancer dans des aventures amoureuses.

Avec un soupir, il consulta sa montre avant de jeter un coup d'œil agacé vers la porte. Que fabriquait donc Isabel ? Ils avaient décidé de se retrouver ici à 22 heures. Elle avait déjà dix minutes de retard !

Dès qu'elle franchirait le seuil de l'établissement, il l'attraperait par le bras et l'entraînerait dehors. Une princesse n'avait pas sa place dans un endroit pareil ! Ils trouveraient un autre moyen d'obtenir les renseignements dont elle avait besoin.

Il reporta son attention sur la somptueuse rousse assise à l'autre bout de la salle. Elle l'attirait comme un aimant. Comme si elle devinait son regard, elle tourna la tête vers lui. S'emparant alors de la main de son compagnon, elle s'avança vers Adam.

Les sourcils froncés, ce dernier se demanda s'il n'avait pas commis un impair en l'observant. Peut-être l'ivrogne qui la suivait était-il son souteneur et tous deux le prenaient-ils pour un client potentiel, intéressé par une passe. Il se leva, ne sachant trop à quoi s'attendre.

Comme elle s'approchait, il découvrit son visage et ne put s'empêcher d'admirer ses lèvres bien ourlées peintes en rouge vif, sa peau parfaite, peut-être un peu trop maquillée, et ses yeux d'un superbe vert émeraude…

Le cœur d'Adam s'arrêta soudain de battre. Il reconnaissait ces yeux ! Il ne s'agissait pas d'une prostituée mais de la princesse Isabel !

Sans lui donner le temps de se remettre de son choc ni d'analyser la situation, elle se pendit à son cou, se pressant contre lui comme une chatte.

— Adam ! J'étais justement en train de parler de mon joli mari à Willie et te voilà ! Embrasse-moi, chéri ! Montre à Willie à quel point tu es content de me voir !

Elle le suppliait du regard de jouer le jeu et, encore sous le coup de son émotion, avec le corps chaud d'Isabel plaqué contre le sien, Adam n'avait pas le choix et obtempéra.

Mais tandis qu'il se penchait vers elle, il sut qu'il commettait une erreur majeure. Isabel s'était bien gardée d'évoquer les baisers en lui exposant son projet !

Pourtant, même en sachant qu'il avait tort, Adam fut incapable de réprimer son exaltation. Enfin, il allait réaliser le rêve secret qui le hantait depuis des années ! Enfin, il allait embrasser la princesse Isabel Stanbury !

Il pensait se contenter d'effleurer ses lèvres mais quand leurs bouches se joignirent, un désir impérieux le submergea.

22

Avec les seins de la jeune femme contre son torse, sa peau nue si douce sous ses doigts, il oublia ses résolutions et l'étreignit comme si sa vie en dépendait.

Elle lui rendit son baiser avec chaleur tandis que ses bras se nouaient autour de son cou. Elle lui parut plus sensuelle, plus délicieuse encore que dans ses fantasmes les plus fous et l'idée de la serrer réellement contre lui lui donna le vertige.

Enfin, elle s'écarta de lui, les joues rouges, les yeux brillants d'un éclat inhabituel, comme sous le choc.

— Ton gars est ravi de te revoir, ma belle ! ricana Willie. Ça ne fait aucun doute.

Les paroles de l'ivrogne permirent à Isabel de recouvrer ses esprits.

— Adam chéri, voici Willie Tammerick, un ami de mon cousin Shane. Willie, je te présente mon mari, Adam Wilcox.

Le visage fermé, Adam opina du menton. Le regard lubrique avec lequel Willie déshabillait Isabel lui déplaisait. Et il remarqua que les autres consommateurs la reluquaient de la même manière.

L'envie d'enlacer Isabel, de dénicher un manteau pour cacher sa tenue provocante et dissimuler le mieux possible les courbes appétissantes qu'elle exposait à la convoitise des hommes, le tenailla. Avait-elle perdu la tête en s'habillant de manière si indécente ? Et que diable avait-elle fait à ses cheveux ?

Il se sentait bouillir sans savoir si l'irresponsabilité d'Isabel ou leur baiser torride en était la cause.

A contrecœur, il posa la main sur les épaules de la jeune femme et la serra contre lui pour bien faire comprendre à tous les mâles alentours qu'elle était sa femme.

— Ainsi, vous étiez un ami de Shane ? lança-t-il à Willie.

Ce dernier avait l'air malingre et sournois. Ses petits yeux ronds, trop proches l'un de l'autre, son long nez et sa barbe de trois jours le faisaient ressembler à un goret.

— Ah ça ! On peut dire que, lui et moi, nous étions comme les deux doigts de la main. Pauvre Shane ! Dire qu'il a été abattu comme un chien par un de ces parasites couronnés.

Adam doutait qu'un type aussi intelligent que Shane ait été très proche d'un voyou du genre de Willie, qui paraissait n'être qu'un ivrogne à la langue bien pendue.

— J'ai bien peur que Shane ne se soit trouvé mêlé à une sale affaire qui le dépassait complètement, reprit Isabel.

Willie lui sourit, révélant une dent cassée.

— Et demain, quand il sera à deux mètres sous terre, elle le dépassera encore plus ! ricana-t-il.

Son rire niais s'évanouit lorsqu'il se rendit compte que sa plaisanterie sordide n'amusait que lui.

— Ce bon vieux Shane va manquer à beaucoup d'entre nous, poursuivit-il. Il était toujours prêt à offrir une tournée.

D'un air rempli d'espoir, il regarda Adam, escomptant manifestement que ce dernier lui paierait un verre. Mais faisant mine de ne pas saisir l'allusion, Adam reporta son attention sur un grand type aux bras épais et couverts de tatouages qui fixait Isabel depuis un moment.

Dans ses yeux brillait un désir ardent, et Adam se surprit à considérer lui aussi Isabel non pas comme une subordonnée qui avait autrefois travaillé sous ses ordres dans l'armée, ni comme une princesse qu'il avait juré de protéger, mais comme une femme.

Une femme avec un corps superbe, des prunelles de jade ensorcelantes et une bouche pulpeuse et légèrement boudeuse, propre à troubler l'esprit d'un homme. Une femme capable de provoquer une bagarre d'un simple battement de cils.

Comme l'homme s'approchait d'eux, Adam se tendit, se préparant à des ennuis. Il serra Isabel plus étroitement contre lui et poussa un soupir de soulagement quand le voyou passa devant eux pour rejoindre la salle de billard.

Adam voulait à tout prix éviter une altercation. En réalité, il avait envie d'entraîner Isabel hors de ce lieu mal famé avant d'être obligé de se battre pour défendre son honneur.

— J'ai besoin de te parler, lui dit-il.

Plissant légèrement les yeux, elle hocha la tête puis gratifia Willie d'un sourire charmeur.

— Nous continuerons notre discussion plus tard, Willie. Mon mec aimerait m'avoir un moment pour lui tout seul.

Son « mec » ? Où diable avait-elle appris ce vocabulaire ? Comme Willie s'éloignait, Isabel sortit une clé de son petit sac à main.

— Notre chambre est au troisième, expliqua-t-elle en montrant à Adam un escalier au fond du bar. Je n'y suis pas encore montée. Laisse-moi d'abord récupérer mes affaires.

Elle passa devant Adam pour s'adresser au garçon :

— Bart chéri, aurais-tu la gentillesse de me donner mon bagage ?

— Bien sûr, poupée.

Avec un sourire, il lui tendit un gros sac rose.

Adam repéra le manège d'Isabel, ses coups d'œil enjôleurs au barman et le ton charmeur avec lequel ils se parlaient, et eut l'impression d'être dans un autre monde. Depuis qu'il était entré dans cette taverne, il se sentait décalé et luttait contre un sentiment grandissant de malaise.

Non, ce n'était pas tout à fait exact. Il perdait le nord depuis qu'il avait reconnu Isabel dans ces vêtements affriolants et qu'il l'avait embrassée.

La maîtrise des événements lui échappait complètement et il détestait cela. Il était temps de se ressaisir. Tout en suivant Isabel dans les étages, il s'efforça de ne pas regarder ses fesses moulées dans sa jupe trop courte ni son déhanchement à chaque marche.

Et désespérément, il tentait d'ignorer la réaction de son propre corps à sa vue.

Cet endroit était mal famé et, à cause de cette tenue aguichante et du rôle qu'elle avait décidé d'incarner, Isabel jouait avec le feu.

Tout en gravissant les étages, Isabel ressentait de manière aiguë la présence d'Adam derrière elle. Quand elle l'avait aperçu, accoudé au bar, elle en avait eu le souffle coupé. Elle connaissait Adam depuis des années et ne l'avait jamais vu sans son uniforme.

Vêtu d'un jean noir et d'un T-shirt sombre qui mettait en valeur son torse musclé, il lui avait paru aussi dangereux que les voyous réunis dans cette salle sordide, et l'ombre qui bleuissait ses mâchoires accentuait encore le charme de son côté mauvais garçon.

Sans parler de leur baiser ! Au souvenir du moment où il avait pris sa bouche, une douce chaleur envahit les joues de la jeune femme. Combien de fois avait-elle rêvé de l'embrasser ? Mais la réalité avait largement dépassé tout ce qu'elle avait pu imaginer.

26

Rien ne l'avait préparée au plaisir intense et au trouble puissant dans lesquels l'étreinte d'Adam l'avait plongée. Lorsqu'il l'avait plaquée contre lui et que leurs souffles s'étaient mêlés, elle avait senti qu'Adam réclamait davantage que ses lèvres. Il exigeait un don total, de son corps comme de son âme, une fusion.

Dans l'escalier, Adam ne prononça pas un mot et elle devinait sa colère. Elle avait travaillé si longtemps avec lui qu'elle avait appris à reconnaître chez lui les signes de son mécontentement. Mais elle s'interrogeait sur les raisons de sa fureur. Jusqu'ici, leur subterfuge semblait fonctionner à merveille.

Quand ils parvinrent au troisième étage, elle était essoufflée sans savoir si cette ascension ou le souvenir de ce baiser torride en était la cause.

En ouvrant la porte de leur chambre, Isabel ne put réprimer un soupir de déception. La pièce était minuscule, décorée dans un style vieillot.

Adam entra après Isabel et ferma le loquet.

— A quoi t'attendais-tu ? Au Ritz ? demanda-t-il sèchement.

Pour mieux jouer leurs rôles et éviter de se trahir par un vouvoiement malencontreux devant des tiers, ils avaient décidé d'adopter le tutoiement permanent.

— En tout cas, tout a l'air propre.

En effet, si le grand lit, la petite table et le fauteuil prenaient toute la place, la moquette était en revanche nettoyée, et les draps immaculés et repassés.

Avec curiosité, Isabel jeta un œil dans la salle de bains. Il s'agissait en réalité d'une douche et d'un lavabo mais, là encore, l'hygiène ne laissait pas à désirer.

Isabel dévisagea Adam, debout, son beau visage assombri par un froncement de sourcils.

— Cela aurait pu être pire, remarqua-t-elle.

— C'est vrai, répliqua-t-il d'un ton affable dont elle ne fut pas dupe un instant. Et de toute manière, cela n'a aucune importance parce qu'il est hors de question de rester ici.

Les yeux écarquillés, Isabel le considéra avec étonnement.

— De quoi parles-tu ? Nous n'allons pas quitter les lieux maintenant. Notre plan…

— C'était une idée ridicule ! Je l'ai toujours dit ! Et qu'as-tu fait à tes cheveux ?

Elle passa la main dans ses mèches rousses.

— Je les ai teints. Cela fait partie de mon déguisement. Ils retrouveront leur couleur naturelle après deux ou trois shampoings.

— Et que signifie cette tenue ? Où as-tu déniché des vêtements pareils ? Tu ressembles à une… à une…

— Je ne ressemble en rien à une princesse, le coupat-elle. Et c'était l'objectif.

Comme elle avait été contente de trouver ces habits, certaine qu'affublée de la sorte, elle ne détonnerait pas dans le bar !

— La moitié des hommes étaient prêts à se jeter sur toi ! reprit-il, ses yeux gris étincelants de colère.

Elle haussa les épaules, surprise d'éprouver autant de plaisir à cette remarque.

— Vraiment ? Tant mieux ! Cela signifie que mon camouflage fonctionne à merveille.

— Isabel ! répliqua-t-il sèchement. Ils pensaient sans doute avoir affaire à une professionnelle et s'interrogeaient sur tes tarifs.

— Tu veux dire qu'ils m'ont prise pour une… pour une prostituée ? s'exclama-t-elle en se laissant choir sur le lit.

28

Peut-être ai-je forcé un peu le trait, admit-elle en regardant sa jupe minuscule et ses hauts talons. Mais en tout cas, personne ne m'a reconnue et c'est l'essentiel !

Espérant le calmer et détendre l'atmosphère, elle le gratifia d'un grand sourire.

Le visage toujours fermé, il se mit à arpenter la pièce. Vêtu entièrement de noir, il ressemblait à une panthère en cage cherchant à s'échapper.

Isabel attendit qu'il parle, sachant qu'il ne le ferait pas tant qu'il n'aurait pas clarifié ses idées. Elle le connaissait par cœur. Il ne disait et ne faisait rien sans y avoir mûrement réfléchi. Ce manque de spontanéité la rendait folle.

Finalement, il s'arrêta devant elle.

— Je ne t'autorise pas à te comporter ainsi, Isabel.

Furieuse de son ton directif, elle plissa les yeux.

— C'est un ordre, je suppose ?

Elle se rapprocha de lui, si près qu'elle sentit la chaleur irradiant de son corps viril et qu'elle vit les minuscules éclats d'argent qui donnaient tant de profondeur à son regard.

— Tu oublies que tu n'es plus mon supérieur, Adam. Tu n'as aucun droit de m'interdire quoi que ce soit.

— C'est exact.

Il fixait sa bouche et brutalement, le souvenir du baiser qu'ils avaient partagé remonta à la mémoire d'Isabel. Elle s'humecta les lèvres.

— J'irai jusqu'au bout de cette entreprise, Adam, avec ou sans ton aide, que tu sois avec moi ou contre moi.

Avec un soupir, il se passa la main dans les cheveux.

— Il est exclu pour moi de partir en te laissant seule dans ce genre d'endroit, tu le sais bien.

Elle hocha la tête, curieusement soulagée.

— Alors, tu es de mon côté.

— Tu ne me laisses pas beaucoup de choix ! répliqua-t-il d'une voix irritée. Je suis à tes côtés mais à une condition. Promets-moi de ne pas remettre ces vêtements. Je n'ai aucune envie de me battre pour empêcher ces voyous de te sauter dessus.

— Tu le ferais ? s'enquit-elle d'un ton moqueur. Tu te servirais de tes poings pour défendre ma vertu ?

— Evidemment, répondit-il aussitôt. Protéger le roi et sa famille fait partie de mon travail.

Sans qu'elle comprît très bien pourquoi, sa réponse déçut un peu Isabel. Il ne perdait jamais de vue ses fonctions de commandant dans la marine royale. Si elle avait espéré que, pour une fois, il oublierait leurs statuts respectifs, ses devoirs et ses responsabilités et la considérerait simplement comme une femme, elle s'était trompée.

— Ben t'a-t-il donné des renseignements sur le passé des uns et les autres ? reprit-il.

Avec un hochement de tête, elle attrapa son sac de voyage et farfouilla dans ses affaires pour trouver son dossier. Puis elle s'assit sur le lit et Adam s'installa à côté d'elle. Elle sentit une bonne odeur de savon et d'eau de Cologne tandis qu'il se penchait par-dessus son épaule pour lire avec elle.

— Voici les noms des complices de Shane, dit-elle, tentant de se concentrer sur sa tâche et d'ignorer leur troublante proximité.

— Nous avons déjà fait la connaissance de Willie Tammerick. Voyons ce que Ben a appris sur lui.

Comme Adam se collait davantage à elle pour déchiffrer les notes de Ben, elle réprima un frisson.

— Pas de surprise. Willie a déjà été arrêté plusieurs fois pour ivresse, bagarres et troubles sur la voie publique.

Son souffle chaud lui caressait la joue et de nouveau, elle se remémora leur étreinte. Il avait pris sa bouche avec une telle fougue...

De toute sa vie, aucun baiser ne lui avait fait cet effet-là.

— Isabel !

A son ton exaspéré, elle comprit qu'il lui parlait mais qu'elle n'écoutait pas.

— Pardonne-moi. J'étais distraite. Que me disais-tu ?

— Je ne parviens pas à imaginer Shane Moore raconter quoi que ce soit d'important à ce Willie. Shane était trop malin pour se confier à un ivrogne.

— Tu as sans doute raison. Avant ton arrivée, j'ai discuté un moment avec Willie et j'ai essayé de lui soutirer des renseignements mais à mon avis, il n'a aucune idée des agissements réels de Shane.

Ben Lockhart avait fait du bon travail en réunissant toutes les données disponibles sur les amis et complices de Shane. Il avait consulté le casier judiciaire de chacun et s'était débrouillé pour trouver une photo de la plupart d'entre eux.

Pendant deux bonnes heures, Adam et Isabel s'absorbèrent dans ces documents. Adam repéra parmi les clichés celle d'un type aux bras tatoués.

— Blake Hariman, lut Isabel. Un type intéressant. Il a été condamné pour trafics illicites, attaques à main armée et port d'armes.

— Et d'après les notes de Ben, il était très proche de Shane.

Adam dévisagea la jeune femme avec intensité.

— Isabel, nous jouons un jeu dangereux avec des gens qui ne le sont pas moins. Si certains se doutent que nous ne sommes pas ce que nous prétendons être, ils n'hésiteront pas à nous descendre, déclara-t-il, le visage sombre.

— Je sais, mais nous n'avons aucune raison d'être reconnus. Nous sommes Bella et Adam Wilcox. J'ai raconté à Bart, le barman, que tu cherchais du travail et il s'efforce de te dénicher des petits boulots dans le coin. Nos personnages sont tout à fait crédibles, Adam.

Pour la première fois depuis qu'ils étaient entrés dans cette chambre, Adam sourit et Isabel sentit un frisson lui parcourir l'échine. Lorsqu'il avait le visage sombre et fermé, Adam était déjà un homme très séduisant, mais quand il souriait, il devenait irrésistible.

— En tout cas, personne ne fera le rapprochement entre Bella et la princesse Isabel. Je n'imaginais pas qu'une coloration et un peu de maquillage te transformeraient à ce point. Je t'ai observée un long moment avant de m'apercevoir que c'était toi.

— Tu me regardais ? s'écria-t-elle, l'œil pétillant de curiosité.

L'avait-il remarquée parce qu'il la trouvait à son goût ? se demanda-t-elle, envahie par une brusque chaleur.

Le sourire d'Adam s'évanouit et il fronça les sourcils.

— Je regardais tout le monde.

Il se leva et consulta sa montre.

— Il est plus de minuit. Peut-être devrions-nous penser à dormir.

— Tu as raison.

Rapidement, Isabel rangea les documents dans son sac.

Comme ils étaient censés être mari et femme, ils passeraient évidemment la nuit ensemble, comme toutes celles qui suivraient tant qu'ils joueraient cette comédie. Elle regarda le lit qui lui parut soudain bien étroit.

3.

Le poing levé, la foule criait sa colère.

— Traître ! Il a trahi la Couronne ! Il faut qu'il meure !

Le regard haineux, certains ramassaient des pierres et les lançaient sur celui qui leur faisait face.

En uniforme d'amiral, la poitrine couverte de médailles, l'homme ne bronchait pas, n'essayait même pas d'échapper à la vindicte populaire.

Et Adam assistait, impuissant et horrifié, au lynchage de son père. Puis la scène changeait et c'était lui, Adam, qui se faisait lapider. De gros cailloux pleuvaient sur lui sous les hurlements.

— Traître, traître ! A mort !

Le front couvert de sueur, Adam se réveilla en sursaut. Quel horrible cauchemar !

Ses muscles ankylosés et son corps courbaturé le faisaient souffrir et il comprit que ses douleurs n'étaient pas dues à des jets de pierre mais à l'inconfort du fauteuil dans lequel il s'était assoupi.

Avec un grognement, il changea de position et consulta sa montre. Deux heures du matin. Malgré l'heure tardive, des lumières colorées traversaient les rideaux. Elles venaient du néon lumineux indiquant le nom de l'établissement.

Il reporta son attention sur le lit où Isabel dormait profondément. Etendue sur le dos, les draps chiffonnés descendus jusqu'à sa taille, elle lui offrait une vue troublante de ses seins ronds recouverts de sa chemise de nuit lilas.

Adam savait qu'il ne devait pas la regarder mais il ne pouvait s'empêcher de s'abreuver de l'adorable image qu'elle lui offrait. Dans son sommeil, ses traits trahissaient une vulnérabilité qu'elle laissait rarement deviner dans la journée. Ses longs cils caressaient ses joues et sa bouche était légèrement entrouverte comme si elle attendait un baiser. Sa peau ressemblait à de la soie.

Fronçant les sourcils, il détourna la tête.

Lorsqu'ils s'étaient préparés à se coucher, Adam s'était senti gêné. Il n'avait pas bien mesuré toutes les implications de leur comédie. Pas une seconde, il n'avait imaginé l'éventualité de partager le lit d'Isabel.

Il était allé passer un survêtement dans la salle de bains pendant qu'elle se changeait dans la chambre. Puis, une fois qu'elle s'était glissée sous les draps, Adam avait insisté pour dormir dans le fauteuil.

Sans bruit, il se leva et arpenta la pièce à pas de loup pour tenter de se détendre en s'efforçant de ne pas contempler la princesse endormie. Mais c'était impossible.

Il avait l'impression qu'elle l'appelait dans son sommeil et il ne put s'empêcher de s'asseoir au bord du lit et de l'observer avec une intensité qu'il n'aurait jamais osée, si elle avait été éveillée.

Depuis le premier instant où il avait posé les yeux sur elle, il était tombé sous son charme. Comme elle était belle ! Et elle respirait une sensualité dont elle n'était pas consciente.

Avec un soupir, il se releva et se dirigea jusqu'à la fenêtre. Il repoussa les rideaux pour jeter un coup d'œil sur la rue déserte. Mais ses pensées étaient ailleurs.

En se remémorant son cauchemar, il sentit son estomac se nouer et l'angoisse enserrer sa poitrine comme un étau. Depuis plus d'un an, il vivait avec l'ombre de la suspicion entachant le nom de son père.

Il savait que ce dernier n'était pas un traître, et qu'il n'aurait jamais vendu des plans à un pays étranger, mais encore fallait-il le prouver. Lorsque Isabel l'avait prié de revenir au plus vite participer aux recherches du roi, il tentait de découvrir ce qui était arrivé à l'amiral Jonathan Sinclair.

Bien sûr, il avait mis cette mission personnelle entre parenthèses pour répondre à une tâche plus importante, retrouver le père d'Isabel.

Entendant la jeune femme remuer, il laissa retomber le rideau et se tourna vers elle.

Dans un demi-sommeil, elle ouvrit les yeux.

— Adam ?

— Je suis là, répondit-il doucement.

— Que fais-tu ?

— Quelques pas. Je n'arrive pas à dormir.

Elle s'étira langoureusement.

— C'est parce que tu t'es installé dans cet affreux fauteuil. Viens t'allonger, Adam. Rien de terrible ne se produira sous prétexte que nous partageons le même lit.

Puis refermant les paupières, elle se rendormit.

« Rien de terrible ne se produira sous prétexte que nous partageons le même lit. »

Adam n'avait aucune envie de retourner sur ce siège de torture. Mais la vision d'Isabel dans sa petite jupe noire et son chemisier moulant le hantait. Dans la soirée, quand

35

ils discutaient des noms de la liste, ses lèvres pleines et rouges l'avaient tenté jusqu'au vertige et les flagrances de son parfum fruité l'avait empêché de se concentrer.

Il avait l'habitude de la croiser dans un cadre professionnel et en uniforme. La voir dans ce lieu et à peine vêtue le déstabilisait complètement.

Avec un soupir, il se rassit dans son fauteuil. Elle pensait peut-être qu'il ne se passerait rien de particulier s'ils se retrouvaient sous les mêmes draps mais il n'en était pas aussi sûr. Il se méfiait de ses propres réactions.

Quand Adam se réveilla de nouveau, l'aube pointait à l'horizon. Avec un gémissement, il se leva et s'étira pour tenter de détendre ses muscles ankylosés.

Isabel dormait toujours, sur le ventre cette fois, le nez dans son oreiller.

Même si le jour se levait à peine, Adam savait qu'il ne se rendormirait pas. Il avait rarement besoin de plus de trois ou quatre heures de sommeil par nuit. Sans faire de bruit, il prit des affaires propres et se dirigea vers la salle de bains.

Sous le jet d'eau brûlant de la douche, Adam songea à la tâche qui les attendait.

L'enquête sur la disparition du roi s'était très vite orientée sur l'entourage royal. Les soupçons n'avaient épargné personne, pas même le propre frère du roi, Edward, qui assumait à présent la régence du royaume, ni les fils de ce dernier, Luke et Jack. Depuis l'enlèvement du monarque, Jack avait épousé Rowena, la dame de compagnie d'Isabel.

Jusqu'ici aucune preuve n'avait désigné un coupable et le doute subsistait. Tous les membres de la famille et les amis de Michael restaient suspects, et les questions demeuraient entières : qui était le cerveau de l'affaire ? Qui avait commandité le kidnapping du souverain. Et pourquoi ?

Dans un ultime effort pour appâter les conspirateurs, les enquêteurs avaient fait circuler la rumeur de la mort du prince Nicholas mais rien n'avait évolué pour autant.

Aujourd'hui était prévu l'enterrement de Shane Moore et Adam se demandait si ses anciens complices seraient nombreux à s'y rendre. Même si Isabel n'y avait pas encore fait allusion, « Bella et Adam Wilcox » assisteraient évidemment aux funérailles en tant que famille du défunt.

Avec un soupir, Adam sortit de la douche. Il espérait que Isabel et lui n'avaient pas sous-estimé l'ampleur de leur mission. S'il arrivait quoi que ce soit à la princesse alors qu'elle était sous sa responsabilité, un discrédit supplémentaire serait jeté sur son nom.

Il repoussa ses sombres pensées tout en s'habillant. Ce n'était pas le moment de songer à ses problèmes de famille. Il devait se focaliser sur son personnage et oublier pour l'instant le capitaine Adam Sinclair.

En sortant de la salle de bains, il fut surpris de découvrir Isabel réveillée dans son lit. Elle avait remonté les draps jusqu'à ses épaules.

— J'espère que tu n'as pas vidé le ballon d'eau chaude, dit-elle, manifestement de mauvaise humeur.

— Bonjour à toi aussi, répondit-il sèchement.

Rembrunie, elle passa la main dans ses cheveux.

— L'hôtel ne doit pas servir des petits déjeuners dans les chambres, je suppose.

— C'est peu probable. Mais quand tu seras habillée, nous devrions pouvoir trouver une brasserie dans le quartier.

— J'ai en effet besoin d'un bon café, dit-elle en rejetant ses couvertures.

Adam détourna les yeux mais eut le temps d'apercevoir les courbes gracieuses de la jeune femme à travers sa fine chemise de nuit. Il sentit sa température interne grimper et fut soulagé de la voir s'engouffrer dans la salle de bains.

Avec un soupir, il se prit la tête entre les mains. Cette mission promettait d'être plus difficile que prévu. Il n'avait pas bien dormi et il lui faudrait passer encore plusieurs nuits dans ce fauteuil de malheur.

Pourtant l'idée de s'allonger près d'Isabel sur le matelas, de sentir son corps chaud près du sien, le remplissait d'une tension quasi insupportable.

Depuis des années, il luttait contre ses sentiments pour elle. Dès le début, lorsqu'elle était entrée sous ses ordres dans la marine, il avait perçu entre eux une incroyable alchimie. En prendre conscience l'avait bouleversé et inquiété en même temps.

Bien entendu, il n'était pas question de céder à cette attirance mutuelle. Dans l'armée, les relations amoureuses entre un officier et une recrue étaient formellement interdites et aucun d'entre eux n'avait envie de mettre en péril sa carrière pour une histoire d'amour, aussi prometteuse soit-elle.

Mais tu n'es plus son commandant, lui rappela une petite voix intérieure. C'était vrai, il ne l'était plus. Cependant Isabel n'en demeurait pas moins une princesse et lui un homme dont le patronyme était entaché de suspicion.

La moitié des gens d'Edenbourg considérait son père comme un traître. Il n'avait donc pas le profil idéal du soupirant pour Isabel.

D'ailleurs, d'après la presse, elle était déjà fiancée avec son cousin, Sebastian Lansbury, et le roi Michael aurait — avant son enlèvement — donné son accord pour un mariage entre eux.

Mieux valait pour Adam se concentrer sur ses objectifs : retrouver le monarque, d'une part, et laver de tout soupçon le nom de son père, d'autre part. Isabel n'était pas davantage pour lui aujourd'hui qu'à l'époque où elle travaillait sous ses ordres. Et il ferait bien de ne pas l'oublier.

Isabel mordit son second croissant avec appétit. Une fois l'estomac plein, elle se sentait toujours beaucoup mieux qu'au réveil.

Ils avaient déniché un petit troquet à quelques pas de l'hôtel. A cette heure matinale, il était presque désert.

Comme la veille, Isabel avait revêtu une tenue correspondant à son personnage de Bella. Mais pour satisfaire Adam, elle avait choisi dans sa garde-robe les habits les moins provocants. Le mauve de son pantalon moulant assorti à son chemisier s'harmonisait bien avec la couleur de ses cheveux. Des chaussures à hauts talons et de grandes boucles d'oreilles complétaient l'ensemble.

Adam s'était montré beaucoup moins créatif dans sa manière de s'habiller. Il avait passé un autre jean noir et un T-shirt gris qui mettait en valeur celui de ses yeux.

— Je me régale, déclara Isabel avec un sourire.

— En tout cas, ce petit déjeuner semble t'avoir mise de meilleure humeur, observa-t-il.

Avec un petit rire, elle n'essaya pas de le nier.

— Je ne suis pas du matin. Tant que je n'ai pas avalé une tasse de café, je ne peux pas démarrer la journée du bon pied.

— C'est ce que j'ai vu...

Après un instant, Isabel reprit la parole.

— L'enterrement de Shane est à 10 heures. Le mieux est de nous y rendre en taxi, je pense.

— Es-tu sûre qu'il est prudent d'y aller ? Les responsables de l'enquête seront certainement disséminés dans l'assistance. S'ils nous reconnaissent...

— Rien à craindre de ce côté-là ! Je ne ressemble en rien à la princesse Isabel que tout le monde connaît. Quant à toi, avec ta barbe de trois jours, tu n'as rien de commun avec un capitaine rasé de près.

Elle n'ajouta pas que si elle l'avait toujours trouvé extrêmement séduisant, il lui paraissait irrésistible en mauvais garçon.

S'efforçant de se concentrer sur leur mission, elle poursuivit :

— Il est important qu'on nous voie à ces funérailles, Adam. Le cerveau de toute cette histoire sera peut-être présent.

— J'en doute. Quel qu'il soit, il n'est pas assez bête pour se montrer et afficher ses liens avec son complice.

Découragée, Isabel poussa un gros soupir.

— Tu as sans doute raison. J'espérais seulement... J'aimerais tellement être celle qui retrouvera Père !

Adam lui prit la main.

— Isabel, tu n'as rien à prouver à personne et surtout pas à ton père.

Surprise par ces paroles et troublée par ce geste, Isabel fronça les sourcils. Elle se libéra de son emprise.

— Tu ne sais rien de mes relations avec lui, protesta-t-elle. Et tu ferais mieux de t'entraîner à m'appeler Bella et non Isabel.

— Tu étais furieuse qu'il t'oblige à renoncer à travailler dans les services secrets de la marine.

— C'était il y a longtemps, répliqua-t-elle en évitant son regard. Il a pris la décision qui lui semblait la meilleure pour moi, je l'ai deviné depuis lors.

Elle se le répétait inlassablement, sans parvenir à dépasser le chagrin et la colère que la volonté paternelle avait provoqués en elle, à l'époque. Elle avait adoré jouer les espionnes et le jour où elle avait appris qu'elle devait mettre un terme à cette carrière prometteuse, elle n'avait pu s'empêcher de pleurer dans les bras d'Adam.

Lorsqu'il l'avait serrée contre lui pour la consoler, elle s'était demandée si elle avait rêvé de rester dans la marine par goût ou pour continuer à côtoyer Adam.

De toute façon, cela n'avait pas d'importance. Cette nuit-là, quand elle avait posé les lèvres sur celles d'Adam, il avait tourné la tête et s'était écarté pour lui faire comprendre qu'il n'y avait aucun avenir possible entre eux, qu'il n'éprouvait rien pour elle.

— Tu aurais fait un agent secret hors pair, reprit Adam avec douceur.

A ces mots, le rouge monta aux joues de la jeune femme.

— Merci, répondit-elle avec simplicité.

Mais dans son cœur, elle se délectait du compliment, sachant qu'il était sincère. Adam n'était pas du genre à flatter les gens.

Comme s'ils sentaient le danger à évoquer trop en détails cette époque, ils reportèrent leur attention sur leur petit déjeuner en s'efforçant de parler de sujets sans importance, des derniers films qu'ils avaient vus, de leurs connaissances communes...

Parfois, lorsque le regard d'Adam se perdait dans le vague, Isabel se demandait s'il songeait à son propre père. Elle ne lui avait pas dit que, quand elle avait réclamé son aide pour retrouver le roi, elle avait chargé deux des meilleurs détectives privés d'Edenbourg de découvrir ce qu'il était arrivé à l'amiral en retraite Jonathan Sinclair.

Comme Adam, elle ne parvenait pas à croire que cet homme si intègre ait trahi son pays et vendu à un pays étranger le prototype d'un avion de combat de plusieurs millions de dollars.

Une demi-heure plus tard, ils sortirent de la brasserie et s'engouffrèrent dans un taxi pour se rendre au cimetière où Shane Moore devait être enterré. Ils prièrent le chauffeur de les attendre.

Quelques personnes disséminées entouraient le cercueil de Shane. Comme Adam et Isabel s'approchaient, ils reconnurent certains visages dont Ben leur avait confié la photographie.

De loin, Willie Tammerick les salua d'un discret signe de tête tandis qu'un prêtre débitait d'un ton monocorde quelques mots sur Shane, qu'il n'avait manifestement jamais rencontré.

Meagan Moore, la sœur de Shane, brillait par son absence. Lorsque le lieutenant Benjamin Lockhart s'était fait passer pour le prince Nicholas pour être kidnappé à la place de ce dernier par Shane, Meagan l'avait aidé à s'enfuir et tous deux étaient tombés amoureux l'un de l'autre.

Subrepticement, Isabel glissa un œil vers Adam. Elle le connaissait depuis des années, et pourtant, elle ne savait pas s'il avait un jour été amoureux. Elle ignorait même s'il croyait à l'amour.

Mais, à une époque, elle avait pensé l'aimer. Elle avait nourri une folle et vaine passion pour lui pendant des mois. Par la suite, elle s'était persuadée ne plus rien éprouver pour lui. Mais alors pourquoi son cœur battait-il si fort à sa vue ? Pourquoi, chaque fois qu'il posait ses magnifiques yeux gris sur elle, un long frisson lui parcourait-il l'échine ?

De nouveau, elle observa l'assistance réunie autour du cercueil de Shane. Son regard tomba soudain sur une grande blonde plantureuse qui aurait été jolie sans les larmes qui ravageaient son visage.

Une décharge d'adrénaline parcourut Isabel. Il s'agissait sûrement de Pam Sommersby, la petite amie de Shane ! Ben l'avait mentionnée dans ses notes mais n'avait pas fourni de photo d'elle, se contentant d'une description physique.

La princesse saisit le bras d'Adam et le serra jusqu'à ce qu'il se tourne vers elle d'un air interrogateur. D'un mouvement de menton, elle lui désigna la jeune femme avant de se hisser sur la pointe des pieds pour lui chuchoter à l'oreille.

— C'est Pam Sommersby, la fiancée de Shane.

— Nous essayerons de l'aborder à la fin de la cérémonie, répondit-il sur le même ton.

Distraite par son souffle chaud sur sa joue et par le parfum de son eau de Cologne, Isabel hocha la tête.

Elle reporta son attention sur le prêtre qui achevait son allocution par une prière. Quand le service funèbre fut terminé, le petit groupe se dispersa rapidement. Seule resta près de la tombe la blonde en larmes.

En silence, Isabel et Adam retournèrent vers leur taxi mais restèrent à proximité des grilles du cimetière pour guetter Pam Sommersby. Isabel aurait voulu détester la petite amie du ravisseur de son père. Mais en voyant la jeune femme déposer une rose sur le cercueil de Shane et en mesurant son chagrin, la princesse ne put réprimer une bouffée de compassion.

Lorsque, tête basse, Pam s'éloigna enfin de la pierre tombale de l'homme qu'elle avait aimé, Isabel s'approcha d'elle.

— Pam ? Pam Sommersby ?

Les yeux écarquillés de stupeur, la blonde la dévisagea un instant sans prononcer un mot. Puis, reculant, elle se hâta vers la sortie.

— Pam, Pam, attendez ! J'aimerais vous parler !

Mais avant que Isabel ne puisse l'atteindre, Pam s'engouffra dans sa voiture et démarra en trombe.

Isabel courut rejoindre Adam qui l'attendait dans le taxi. Elle se laissa tomber à ses côtés, sur la banquette arrière, tandis qu'Adam ordonnait au chauffeur de suivre Pam.

— Il ne faut pas la laisser partir ! s'écria-t-elle. Personne ne connaît son adresse ! Elle sait quelque chose, j'en suis certaine !

Tendue comme un arc, elle mêla ses doigts à ceux d'Adam.

— Nous allons la rattraper ! assura-t-il, confiant.

Isabel continuait à serrer la main d'Adam dans la sienne. Ses émotions se bousculaient à la même vitesse que les véhicules.

Depuis trois longs mois, elle s'était montrée forte, cherchant le moyen de retrouver son père.

Apprendre que ce dernier avait été victime d'une crise cardiaque pendant sa captivité l'avait emplie de terreur.

A présent, cette angoisse mortelle se disputait avec l'espoir. Pam Sommersby détenait certainement des renseignements essentiels pour les mettre sur la voie qui les conduirait au souverain. La jeune femme était peut-être la seule à pouvoir les aider.

La circulation devenait plus dense et manifestement, Pam avait l'habitude d'échapper à ses poursuivants. Chaque fois qu'elle perdait la petite voiture de vue, la panique s'emparait d'Isabel.

Au fond de son cœur, elle avait la certitude que Pam savait quelque chose. Elle était le maillon manquant, le seul moyen d'avancer. Il n'était pas question de perdre sa trace !

— Elle se dirige vers l'hôtel ! s'écria Adam.

En effet, Pam passa devant la Taverne des Soldats du Roi, prit la première rue à droite puis… disparut.

— Je ne la vois plus, dit le chauffeur en levant le pied de l'accélérateur.

— Continuez d'avancer, ralentissez ! hurla presque Isabel. Elle ne peut pas être loin !

Ils longèrent l'allée, scrutèrent les garages ouverts. En vain. La voiture de Pam semblait s'être volatilisée.

— Elle nous a semés, Bella, déclara finalement Adam.

Dans un état second, Isabel sortit du taxi tandis qu'Adam réglait la note.

Toutes les émotions qu'elle retenait depuis des mois remontèrent à la surface. Brutalement, ses forces l'abandonnèrent et elle s'effondra contre un mur, les larmes aux yeux.

Elle avait l'impression que tous ses espoirs de retrouver son père avaient disparu avec Pam. Désespérée, elle regarda Adam.

Comme il la prenait dans ses bras et la serrait contre elle, un sanglot s'échappa de ses lèvres. En silence, elle s'autorisa un instant de faiblesse. Juste un instant, elle en avait besoin.

Le visage enfoui dans sa chemise, elle fondit en pleurs.

4.

Instantanément, Adam comprit que le désespoir d'Isabel n'était pas uniquement dû à la brusque disparition de Pam Sommersby. Depuis deux mois, il travaillait avec elle sur l'enlèvement du monarque et l'énergie comme la détermination dont faisait preuve la princesse dans cette affaire forçaient son admiration.

Pourtant, il n'oubliait pas que l'homme qu'ils recherchaient n'était pas seulement le roi de leur pays mais d'abord et avant tout le père d'Isabel. Et Adam connaissait l'insoutenable souffrance, la douleur lancinante, causées par l'absence inexpliquée d'un parent.

Les sanglots d'Isabel venaient du plus profond de son être et il ne pouvait rien faire que l'étreindre en attendant que son chagrin s'apaise.

En même temps, il tentait d'observer les alentours. La rue dans laquelle ils se tenaient était étroite. Pam Sommersby vivait sans doute dans l'un de ces immeubles. Mais lequel ?

Si quelqu'un lui avait dit qu'un jour, il se retrouverait dans un quartier mal famé, serrant une princesse en larmes dans ses bras, il ne l'aurait jamais cru.

Il aurait souhaité scruter les environs dans l'espoir de repérer la trace de Pam mais il lui était très difficile de penser à autre chose qu'à Isabel blottie contre son cœur.

Ses cheveux sentaient bon la vanille. Tandis qu'il la berçait, il sentait la chaleur de son corps pressé contre le sien, il respirait le parfum de sa peau et il se remémorait la dernière fois où il l'avait vue pleurer et où il l'avait prise contre lui pour la consoler.

A l'époque, il était son commandant et elle était venue le trouver, le cœur brisé, parce que son père lui avait interdit de rester dans l'armée et avait exigé son retour immédiat au palais.

Il l'étreignait alors contre lui pour apaiser son chagrin quand soudain un désir ardent l'avait submergé, un désir né à force de la côtoyer chaque jour et qui, il le savait, pouvait détruire sa carrière.

A présent, la même faim le tenaillait, une force impérieuse qui lui tordait le ventre et brûlait ses veines.

« Tu n'es plus son supérieur, soufflait une petite voix. Tu n'as plus aucune raison de ne pas céder à cette attirance. »

Isabel leva la tête et de nouveau, ses profonds yeux de jade, si lumineux, et le léger tremblement de ses lèvres lui rappelèrent la dernière fois qu'il l'avait ainsi serrée contre lui.

Ce soir-là, elle l'avait dévisagé d'un air suppliant, la bouche entrouverte comme une invite. Malgré le désir qui le torturait, il avait fait la seule chose à faire. Avec douceur, il l'avait repoussée et s'était écarté d'elle.

Mais maintenant, tandis qu'elle le dévorait du regard, il se souvint qu'il pouvait l'embrasser sans craindre de conséquences pour son avenir professionnel ou le sien.

Alors il s'empara de sa bouche avec avidité et elle répondit à son baiser avec la même passion. Leurs langues se mêlèrent en une danse voluptueuse.

Les mains d'Isabel s'agrippèrent aux épaules d'Adam pour se coller plus étroitement à lui, comme si elle avait voulu se fondre en lui.

Perdant toute notion du temps et de l'espace, Adam se noya dans cette folle étreinte. Il ne savait plus où il se trouvait ni même qui il était. Il n'était plus le capitaine Adam Sinclair mais Adam Wilcox enlaçant son épouse, Bella, un homme serrant dans ses bras celle qu'il désirait plus que tout au monde.

Il sentit les seins de la jeune femme s'écraser contre son torse. Une faim violente le tenaillait, l'anéantissait. Il avait envie de lui arracher ses vêtements, de promener ses lèvres sur chaque parcelle de sa peau jusqu'à ce qu'ils atteignent tous les deux l'extase.

Non loin d'eux, un Klaxon retentit, ramenant Adam sur terre. Ils se trouvaient au milieu d'une rue puante et mal famée. Il n'était pas Adam Wilcox, et la jeune femme qu'il embrassait comme un fou n'était pas sa femme mais la princesse Isabel, fiancée à Sebastian Lansbury. Et lui, le capitaine Adam Sinclair, le fils unique d'un homme suspecté d'avoir trahi la Couronne.

— Viens, partons d'ici, dit-il en lui prenant la main.

En silence, ils retournèrent à la Taverne des Soldats du Roi.

Ils n'échangèrent pas un mot avant d'avoir regagné leur chambre.

— Adam, je suis désolée, dit-elle dès qu'il referma la porte sur eux.

— Désolée ?

Plantant ses yeux dans les siens, il se demanda de quoi elle s'excusait exactement. De l'avoir embrassé avec tant de passion qu'il en avait oublié jusqu'à son nom ?

L'air épuisé et vulnérable, elle s'assit sur le bord du lit.

— Pardonne-moi d'avoir perdu la tête. Je me maîtrise mieux, d'habitude.

— Tu n'as rien à te reprocher, répondit-il avec brusquerie.

Il s'installa dans le fauteuil qui lui servait de couche. Il se sentait irrité contre lui-même, s'en voulait de s'être laissé déborder par ses émotions.

Avec un soupir, Isabel passa la main dans ses cheveux teints.

— Tu ne peux imaginer à quel point les dernières semaines ont été difficiles. Ne même pas savoir si Père est vivant ou mort...

Elle s'interrompit brusquement.

— Mais tu n'ignores rien de ce que j'endure ! Ton père... Parle-moi de lui, Adam.

Depuis des mois, Adam et Isabel travaillaient côte à côte à tenter de retrouver le roi, mais jamais il n'avait abordé devant elle le sujet qui le torturait. En vérité, il n'en avait soufflé mot à personne. Il vivait avec cette souffrance depuis plus d'un an et il avait l'impression qu'elle faisait partie de lui, à présent.

— Que veux-tu que je te raconte à propos de lui ? demanda-t-il enfin.

— Je ne sais pas. Tout. Etiez-vous proches l'un de l'autre ? Etait-il un bon père ?

Il avait le sentiment qu'elle cherchait à le faire parler de son père pour ne pas avoir à penser au sien.

— Oui, nous étions très proches et nous nous entendions très bien. Ma mère est morte lorsque j'avais huit ans, aussi vivions-nous tous les deux avec Mme Gentry, notre gouvernante. Nous le suivions à travers ses différentes affectations.

Au souvenir de ces années avec son père, une douce chaleur l'étreignit. Ils avaient voyagé au gré de ses mutations, s'installant pour deux ou trois ans dans une ville avant d'emménager dans une autre, mais il s'était toujours senti heureux aux côtés de cet homme hors du commun.

— C'est lui qui m'a transmis la vocation militaire. Il aurait voulu que je devienne pilote d'aviation. Il adorait voler mais je préférais garder les pieds sur terre.

— A-t-il été heureux de te voir intégrer la marine ?

Un sourire aux lèvres, Adam se cala dans son fauteuil.

— Il m'a dit que le jour où je me suis enrôlé a été le plus beau de sa vie.

Son sourire disparut et il fronça les sourcils.

— Et le plus sombre fut celui où l'âge l'a contraint à abandonner ses fonctions d'amiral. L'armée avait été sa femme, son amante, sa passion et sans elle, il se sentait perdu.

En vérité, Jonathan Sinclair était tombé en dépression lors de sa mise en retraite. Et c'était ce qui hantait Adam depuis que de sales rumeurs avaient commencé à circuler.

Viscéralement comme au plus profond de son cœur, il avait la certitude que son père n'aurait jamais rien fait contre son pays, ce royaume qu'il aimait profondément, et qu'il s'était engagé à protéger et à servir.

Mais parfois, au milieu de la nuit, le doute s'insinuait dans son esprit. La déprime de Jonathan avait-elle fait naître en lui de la rancœur ? Avait-il eu l'impression qu'on

50

l'avait utilisé avant de le renvoyer dans ses foyers comme un vulgaire Kleenex ?

— Lorsqu'on lui a proposé de travailler sur le Phantom, papa était aux anges. Cette mission lui donnait une nouvelle raison de vivre, de se lever le matin.

Adam savait qu'il se confiait trop à Isabel, qu'il lui révélait des aspects de lui-même et une sensibilité, qu'il s'efforçait de dissimuler en général et qu'il regretterait peut-être de lui avoir montrés. Mais le regard d'Isabel l'encourageait à continuer, à s'ouvrir davantage et, comme si une digue cédait en lui, il laissait déferler toutes ses émotions.

De nouveau, il se pencha vers elle.

— Ce projet l'emballait, il y travaillait jour et nuit. Il s'était entouré des meilleurs ingénieurs et scientifiques pour fabriquer le plus bel avion de combat du monde.

— Mais alors, que s'est-il passé, Adam ? s'enquit Isabel en s'agenouillant près de lui. Ton père, accompagné de deux pilotes, est monté à bord du Phantom pour un vol d'essai et personne ne les a jamais revus, ni eux, ni le Phantom. On n'a même pas retrouvé l'épave de l'appareil.

— Je sais, murmura-t-il douloureusement.

Comme le Phantom avait disparu sans laisser de traces, les spéculations les plus folles avaient couru sur le compte de Jonathan Sinclair. La rumeur prétendait qu'il avait vendu le prototype à des puissances étrangères, avait empoché des millions de dollars et coulait à présent des jours heureux sur une plage des Caraïbes grâce au prix de sa trahison.

— J'ignore complètement ce qui lui est arrivé, dit-il, le cœur torturé par une immense douleur. En réalité, il n'y a que deux possibilités : soit il est encore en vie et il a effectivement trahi sa patrie, soit il est mort…

Il avait toujours vu cet homme comme un héros et il ne savait laquelle de ces deux éventualités l'accablerait le plus.

Gêné par l'émotion qui teintait sa voix, il s'éclaircit la gorge et se força à sourire.

— J'espère que tu connaîtras une issue plus heureuse avec ton propre père.

— Oh, Adam, je suis navrée.

Ses yeux brillaient d'une sincère empathie et avant qu'il n'ait pu deviner son intention, elle s'assit sur ses genoux. Avec un gros soupir, elle noua ses bras autour de son cou.

La tête sur son épaule, elle l'étreignit comme si, en le serrant très fort, elle voulait l'empêcher de sombrer.

Et à la grande surprise d'Adam, ce fut exactement ce qui se produisit.

Vingt-quatre heures plus tôt, Isabel ne se serait jamais permise de se pendre au cou d'Adam, de se pelotonner contre lui pour le réconforter. Mais à présent, elle avait envie de lui rendre un peu de la tendresse et de l'attention qu'il lui avait témoignées en sortant du taxi.

Depuis deux mois, il se démenait comme un fou pour l'aider à retrouver le monarque et pour la soutenir dans cette épreuve. Et tout ce temps-là, lui-même portait la douleur de la disparition inexpliquée de son propre père.

Elle aurait voulu lui dire qu'elle avait demandé à deux détectives privés de poursuivre ses investigations, de tenter de résoudre le mystère de cet avion et de son équipage évanouis dans la nature mais elle craignait de lui donner de faux espoirs. Adam n'obtiendrait peut-être jamais de réponses à ses interrogations.

— Isabel, dit-il d'une voix douce.

— Oui ? répondit-elle sans bouger.

— Nous devrions redescendre au bar et essayer de glaner d'autres renseignements.

Il n'esquissa cependant pas le moindre mouvement et elle se demanda si leur étreinte lui procurait autant de plaisir qu'à elle.

— Isabel, répéta-t-il d'un ton irrité, cette fois.

Sans prévenir, il se leva, l'obligeant à se redresser. Son visage était fermé, et son regard avait la couleur du granit.

— Il nous faut nous remettre au travail.

Humiliée, Isabel sentit le pourpre brûler ses joues.

— Bien sûr, dit-elle brusquement. Allons-y.

Quelques instants plus tard, elle descendit l'escalier à ses côtés, sans réussir à dissiper son malaise. Avait-elle perdu l'esprit ? Pourquoi s'était-elle jetée à son cou pour l'embrasser avec un tel abandon ? Etait-elle folle ?

En vérité, elle n'avait pas réfléchi à ce qu'elle faisait. Depuis le moment où elle avait reconnu Pam Sommersby au cimetière, elle s'était laissé emportée par ses émotions, ce qui était inhabituel et ridicule de sa part.

Adam était peut-être beau comme le péché, ils faisaient peut-être semblant d'être mari et femme et partageaient peut-être les mêmes inquiétudes à propos du roi, mais cela ne signifiait pas qu'il y avait quelque chose d'autre entre eux.

Plus jamais, elle ne commettrait l'erreur de se conduire ainsi avec lui. Ils étaient là pour retrouver son père et Adam ne lui avait envoyé aucun signe pour lui donner l'espoir d'une relation plus intime.

Manifestement, elle l'avait agacé avec ses démonstrations de compassion. Elle n'était pas près de recommencer.

Dès qu'ils s'installèrent à une table près de la porte de la Taverne, Willie Tammerick les rejoignit. Adam commanda trois bières, au grand plaisir de Willie.

— Il y avait peu de monde à l'enterrement de Shane, remarqua Isabel.

— C'est vrai. La plupart de ses amis ont soudain préféré oublier qu'ils l'étaient, en tout cas, ne pas l'afficher publiquement. Personne n'a envie de se retrouver avec la police sur le dos.

Il siffla sa chope en deux gorgées. Adam en demanda une autre.

— Et cela ne t'effraie pas, toi ? s'enquit Isabel.

Willie se mit à rire.

— Je n'ai rien à cacher. Shane et moi étions des copains de comptoir mais j'ignorais qu'il avait enlevé le roi. Il a dû se faire entraîner dans cette histoire par les drôles d'oiseaux qu'il fréquentait depuis quelque temps.

A ces mots, Adam et Isabel échangèrent un bref regard.

— Quels drôles d'oiseaux ? s'enquit Adam.

— Une bande de rebelles, les « Patriotes » ou je ne sais plus quoi, comme ils s'appelaient eux-mêmes, répondit Willie sur le ton de la dérision. En réalité, la plupart étaient simplement des marginaux, des pauvres types qui détestaient les Stanbury.

Isabel n'ignorait pas que, à Edenbourg, certains voulaient renverser la monarchie mais elle n'avait jamais entendu parler de ces Patriotes auparavant. Elle nota mentalement de demander à Ben de se renseigner sur les agissements de ce groupe.

— Qui ne déteste pas les Stanbury ? lança Adam, une étrange lueur de ferveur dans le regard. Ils font la pluie et le beau temps dans ce pays et nous devons nous soumettre à leurs caprices. Dommage que Shane n'ait pas réussi à nous en débarrasser pour toujours !

Et pour donner plus de poids à sa déclaration, il donna un coup de poing sur la table.

— Je vais prendre un peu l'air, ajouta-t-il soudain en se levant.

Quand il disparut dans la foule, Willie se tourna vers Isabel.

— Ton mari m'a l'air énervé, observa-t-il.

Isabel haussa les épaules.

— Certains sujets le mettent hors de lui. Les Stanbury, en particulier.

— Et pourquoi ?

— Un jour, il a voulu travailler au palais. Mais ils ne l'ont pas trouvé assez bon, il s'est fait jeter comme un chien. Depuis il a envie de mordre dès qu'on prononce leur nom devant lui.

Elle espérait que sa petite histoire paraîtrait crédible aux oreilles de Willie. Elle ne devait pas oublier de narrer cette anecdote à Adam.

— J'ai discuté avec Shane deux semaines avant sa mort, poursuivit-elle. Il m'a parlé de Pam. Etait-ce cette blonde que j'ai vue au cimetière, ce matin ?

— Oui, c'était bien elle. Elle était folle amoureuse de Shane. Apprendre sa mort a failli la tuer.

— J'aimerais la rencontrer, pour lui présenter mes condoléances. Sais-tu où je peux la trouver ? s'enquit Isabel, retenant son souffle.

Avec une grimace, Willie secoua la tête.

— Elle vit tout près d'ici mais j'ignore où exactement.

Isabel ravala sa déception. Comme Willie considérait son verre vide, elle fit signe au garçon pour une tournée supplémentaire. Elle était prête à abreuver Willie toute la nuit si cela pouvait lui permettre d'obtenir des renseignements.

— Shane venait souvent ici avec Pam. Elle y repassera sans doute un de ces jours, je pense.

Frustrée, Isabel n'avait pas le temps d'attendre. Son père avait été victime d'une crise cardiaque et avait besoin de soins. Plus tôt il serait retrouvé, mieux cela vaudrait.

Le reste de la soirée fut tout aussi décevant. Après un moment, Adam les rejoignit et Willie leur présenta des clients de la Taverne. Mais dans la conversation, il ne fut plus question des Patriotes, ni de Shane ou de Pam.

Vers 20 heures, Isabel avait la migraine à force de respirer l'air chargé de fumée de cigarettes et d'entendre l'incessant brouhaha du bar, aussi retourna-t-elle dans la chambre. Elle espérait que, seul, Adam réussirait plus facilement à tirer les vers du nez de Willie ou d'autres types du bar.

Elle prit une longue douche, heureuse de se débarrasser de l'atmosphère lourde de la Taverne. Elle se sécha, passa sa chemise de nuit avant de s'installer sur le lit. Les événements de la journée l'avaient épuisée.

Elle ne s'était pas attendue à ce que cette mission soit si difficile. Naïvement, elle avait espéré obtenir très vite des informations capitales et que l'opération serait bouclée en une semaine.

A présent, elle prenait conscience de l'ampleur de la tâche. Il leur faudrait se démener, rencontrer plusieurs personnes, poser les bonnes questions et ne pas trop compter sur la chance pour avancer.

Elle n'avait pas non plus mesuré à quel point il lui serait éprouvant de partager une certaine intimité avec Adam. Ils n'étaient pas dans cet hôtel depuis vingt-quatre heures et ils s'étaient déjà embrassés. Quelle réussite ! Le premier baiser était nécessaire pour rendre crédible leur mascarade et elle soupçonnait Adam de l'avoir embrassée uniquement par pitié la seconde fois.

En sortant du taxi, elle pleurait comme une madeleine et il n'avait sans doute songé qu'à la réconforter. Pourtant, même en le sachant, le souvenir de ce baiser réveillait en elle une ribambelle d'émotions. En vérité, elle adorait l'embrasser même si elle n'aurait pas dû.

Repoussant ces pensées, elle se reprocha de ne pas se concentrer sur le seul objectif valable : retrouver son père.

Le téléphone sur la table de nuit attira brusquement son attention. Il lui fallait appeler la reine. Depuis l'enlèvement du roi, toutes deux avaient pris l'habitude de se parler pour se soutenir mutuellement dans l'épreuve.

A peine avait-elle composé le numéro qu'Adam revint dans la chambre.

— Je cherche à joindre ma mère, lui expliqua-t-elle.

— Je vais en profiter pour prendre une douche.

Il disparut dans la salle de bains au moment où Joséphine prit l'appel.

— Mère ?

— Isabel ! Où es-tu ? J'ai appris que tu avais besoin de solitude, que tu étais partie quelques jours… Je m'inquiétais.

— Je suis désolée, je ne voulais pas te créer de soucis supplémentaires. Y a-t-il du nouveau ?

A travers la fine cloison, Isabel entendait le bruissement de l'eau et ne pouvait s'empêcher d'imaginer Adam nu.

— Non, rien.

La voix de la reine était teintée de désespoir.

— Edward ne va pas bien, poursuivit-elle. Je ne sais pas de quoi il souffre, peut-être du stress causé par ses nouvelles responsabilités, mais il semble s'affaiblir de jour en jour.

— Et Dominique ? s'enquit Isabel, espérant aborder un sujet plus plaisant.

La sœur d'Isabel était enceinte de six mois et tous les Stanbury, comme les habitants d'Edenbourg, se réjouissaient de cet enfant à naître.

— Elle se porte à merveille, répondit Joséphine avec un soupir. Isabel, tu ne m'as pas répondu. Où te trouves-tu exactement ?

— Ne me pose pas la question, Mère. Je ne peux pas me contenter d'attendre dans mon bureau, les bras croisés, que Père réapparaisse par l'opération du Saint-Esprit.

— Tu ne fais rien de dangereux, j'espère ?

Comme Adam sortait de la salle de bains, Isabel leva les yeux vers lui. Il avait revêtu un boxer et une bonne odeur d'homme et de savon émanait de lui.

— Bien sûr que non, assura Isabel, la bouche brutalement sèche.

Elle n'avait jamais vu de torse si musclé, ni d'épaules si larges. Incapable de détacher son regard de lui, elle le vit se laisser choir dans le fauteuil.

— Isabel, ne présume pas de tes forces, la mit en garde Joséphine.

— Ne t'inquiète pas, répondit Isabel en sachant qu'elle mentait.

A propos d'Adam, elle présumait largement de ses forces.

*
* *

Après avoir embrassé sa fille aînée et raccroché, Joséphine se mit à la fenêtre de sa chambre. La vue était censée inspirer le calme et la sérénité. Sous ses yeux s'étendait un jardin fleuri ombragé d'arbres centenaires et orné de statues de pierre et d'une petite fontaine. Mais depuis trois mois, le calme et la sérénité avaient déserté le cœur de Joséphine.

— Où es-tu, Michael ? murmura-t-elle. Tiens bon, il le faut. Reviens-moi, je t'en supplie.

L'idée que son mari ait été victime d'un infarctus la remplissait d'effroi et de tristesse.

Le cœur lourd, elle s'installa dans un fauteuil, la tête remplie de souvenirs de l'homme dont elle partageait la vie depuis vingt-trois ans.

Elle n'avait que vingt et un ans lorsqu'elle l'avait épousé. Leur mariage avait été arrangé par leurs familles, une alliance politique entre leurs deux pays d'origine. Elle avait rencontré Michael le jour même de leurs noces et s'était unie à un inconnu par sens du devoir et pour les enfants qu'ils mettraient peut-être au monde.

Apparemment, leur union avait été une réussite. Michael et elle avaient su se comprendre. Il dirigeait le royaume, elle s'occupait de missions caritatives, ils menaient une existence confortable...

Puis, le jour du baptême de leur première petite-fille, Michael avait été kidnappé. Et Joséphine avait été étonnée de découvrir alors les profonds sentiments qu'elle éprouvait pour son époux.

Elle n'arrivait pas à croire que le destin soit si cruel. Elle prenait conscience de son amour infini pour lui au moment où il lui était enlevé et où elle n'aurait peut-être plus jamais la possibilité de le lui déclarer.

Quelqu'un frappa à sa porte.

— Entrez !

Edward Stanbury, le frère de son mari, s'introduisit dans la pièce.

Joséphine ne l'avait pas croisé depuis deux jours et eut du mal à lui dissimiler son inquiétude à le voir si affaibli.

En revêtant le manteau d'hermine, Edward avait paru prendre des années. Pâle, les yeux fiévreux, il avait maigri et semblait malade.

— Y a-t-il du nouveau ? s'enquit Joséphine en se levant.

Il secoua la tête.

— J'ai bien peur que non. Je passais juste m'enquérir de vous, ma chère belle-sœur, dit-il en s'appuyant contre le mur.

— En vérité, votre état me soucie davantage que le mien, mon cher Edward. Vous n'avez pas l'air en forme.

— C'est vrai, je dois l'avouer. Je ne sais pas si je couve quelque chose ou si le stress est responsable de mes malaises mais je ne vais pas bien. Rien ne m'avait préparé à diriger un pays.

D'un ton hésitant, il poursuivit :

— Je pense abdiquer, Joséphine. Je me sens trop mal.

L'esprit de la reine mesura rapidement le corollaire d'une telle éventualité. Si Edward renonçait à la Couronne, son fils aîné, Luke, lui succéderait sur le trône.

— Vous seul savez ce qu'il convient de faire, répondit-elle, réprimant son angoisse.

Michael aurait dû occuper les fonctions de monarque ou son fils, Nicholas. Mais depuis l'enlèvement du souverain, Nicholas passait pour mort...

— J'hésite encore, dit-il. C'est une décision si lourde de conséquences ! Si seulement...

Joséphine devina à quoi il songeait.

— Oui, si seulement nous retrouvions Michael ! acheva-t-elle à sa place, les larmes aux yeux.

Comme s'il comprenait le besoin de solitude de la reine, Edward reprit :

— Je vais me coucher, Joséphine. A demain ?

— A demain, Edward. Reposez-vous bien.

Quand il quitta la pièce, elle prit sa tête dans ses mains.

« Michael, Michael, Michael… » Son cœur égrenait son nom comme une litanie de souffrance et d'amour. « Où es-tu ? Pourquoi n'es-tu plus à mes côtés ? »

Il lui manquait tant ! Il n'avait pas assisté au mariage de Dominique avec le haut conseiller de la couronne, Marcus Kent, il ne verrait pas sa cadette enceinte…

Une pensée soudaine traversa son esprit. Jusqu'ici, Dominique avait tenu à ignorer le sexe du bébé qu'elle attendait. Ni elle ni Marcus ne savait si elle portait un petit prince ou une petite princesse.

Mais si l'enfant était un garçon, en l'absence de Michael et de Nicholas, il serait l'héritier légitime de la Couronne. Avant que Edward n'abdique, avant que Luke n'accède au trône, elle devait absolument parler à Dominique.

Bien sûr, la meilleure solution serait de retrouver Michael sain et sauf. Les larmes débordaient de ses yeux et coulaient sur ses joues en pensant à son époux.

« Je t'en prie, Michael, reviens-nous vite. Le pays a besoin de toi et moi, je ne peux pas vivre sans toi. »

5.

Adam s'assit au fond de la salle et suivit des yeux Isabel qui se dirigeait vers le bar. Il était tard, l'établissement allait bientôt fermer et Adam se sentait fatigué et de mauvaise humeur.

Depuis une semaine, il dormait dans ce fauteuil de malheur. Depuis une semaine, il voyait tous les hommes de la Taverne reluquer son « épouse » et il luttait contre le désir croissant qu'il éprouvait lui-même pour elle.

Ce soir, elle était vêtue d'une minuscule robe noire, à peine plus large qu'un mouchoir. Le dos du vêtement était un enchevêtrement de chaînes d'or dévoilant son corps de femme au-delà de la décence.

Sous ces maillons dorés, sa peau paraissait si douce et si appétissante que tous les consommateurs rêvaient de la caresser, Adam en était certain. Lui-même devenait obsédé par cette idée.

Depuis huit jours, il avait découvert un côté d'Isabel dont il n'avait jamais soupçonné l'existence. Sans effort, elle séduisait tous les hommes qui l'entouraient, une grande partie de son charme reposant sur le fait qu'elle semblait naïvement inconsciente de l'effet qu'elle produisait sur la gent masculine.

Irrité, Adam fronça les sourcils. Lui en était conscient au-delà du supportable. La nuit, le parfum d'Isabel l'enveloppait comme une couverture chaude et sensuelle et à présent, il n'ignorait plus rien de ses petites manies qui la rendaient unique.

Au réveil, elle était toujours bougon mais redevenait charmante après avoir avalé un café. Elle était friande de croissants qu'elle aimait nature, sans beurre ni confiture.

Lorsqu'elle essayait de dissimuler ses émotions, sa lèvre inférieure tremblait et elle poussait toujours un petit soupir avant de sombrer dans le sommeil.

A tout point de vue, Adam la connaissait intimement comme un mari... si ce n'est qu'il ne faisait pas l'amour avec elle. Et il devinait que c'était la raison de sa mauvaise humeur.

Bien sûr, il se répétait qu'il était contrarié de n'avoir rien appris de nouveau depuis huit jours. Il préférait penser que son agacement venait d'une déception professionnelle plutôt que d'une frustration sexuelle.

Soudain, Adam aperçut Blake Hariman entrer dans le bar. L'homme aux bras tatoués promena les yeux dans la salle, s'attardant sur la silhouette d'Isabel avant de croiser le regard d'Adam. Les deux hommes se dévisagèrent un moment puis Blake se dirigea vers les tables de billard.

Pensivement, Adam fronça les sourcils. Il avait l'impression que Blake le jaugeait mais il en ignorait la raison. Chaque soir, Hariman s'installait à distance, dans un coin, et chaque soir, Adam sentait que ce type l'observait de loin sans en avoir l'air.

De nouveau, il reporta son attention sur Isabel qui venait vers lui, deux verres à la main. Comme d'habitude, ses cheveux étaient gonflés et ébouriffés et ses lèvres peintes en rouge vif.

— Je t'apporte de quoi te redonner un peu de tonus, lui dit-elle. La nuit va être longue pour toi.

En effet, Bart, le patron, avait chargé Adam de nettoyer le bar après la fermeture. En contrepartie de ce coup de main, Bart lui avait glissé quelques billets de banque et accordé une réduction sur le prix de la chambre. Isabel et Adam n'avaient besoin ni de l'un ni de l'autre mais ils avaient évidemment accepté pour rendre plus crédibles leurs personnages.

— Oui, tu penseras à moi en te mettant au lit tandis que moi, je gagnerai à la sueur de mon front les moyens de t'offrir tes robes à deux sous d'un goût douteux.

Elle se mit à rire.

— Ces tenues te paraissent peut-être vulgaires mais elles me permettent au moins de me fondre dans le décor. Ainsi vêtue, je ressemble beaucoup aux autres consommatrices de cet établissement.

— Sans doute, répliqua-t-il, un regain d'irritation dans la voix.

A son avis, elle ne leur ressemblait pas du tout. Depuis une semaine, d'autres femmes étaient allées et venues dans le bar mais aucune n'était aussi jolie, aussi sexy et aussi attirante qu'Isabel.

— Je commence à croire que notre séjour ici n'est qu'une perte de temps, reprit-il.

— Ce n'est pas vrai.

Comme elle se penchait vers lui, la chaleur irradiant de son corps fit grimper celle d'Adam de plusieurs degrés.

— Nous avons appris l'existence des Patriotes, dont nous ignorions tout auparavant, poursuivit-elle.

— Nous ne savons toujours rien à leur sujet, murmura Adam. Ben n'a rien trouvé sur eux et ils n'ont peut-être rien à voir avec l'enlèvement du roi.

Il avait parlé d'un ton aigre et à la vue du visage décomposé d'Isabel, il regretta aussitôt sa rancœur. Avec un soupir, il passa une main dans ses cheveux coupés à ras.

— Pardonne-moi, je ne voulais pas t'agresser. Mais je suis tellement frustré !

— Je m'en doute. Je le suis également.

Dans un élan de solidarité, elle posa une main sur son épaule, aggravant le malaise d'Adam.

Il se demanda comment elle ne sentait pas qu'il bouillait intérieurement et qu'il était sur le point d'exploser. Il devenait de plus en plus difficile pour lui de résister au désir, de prendre de nouveau sa bouche, de la toucher.

Tentant de recouvrer ses esprits, il s'écarta d'elle, soulagé qu'elle retire sa main et se redresse sur sa chaise.

Ils restèrent assis côte à côte jusqu'à l'heure de la fermeture, buvant leurs bières, jouant leurs personnages.

Quand le bar ferma ses portes, Isabel monta se coucher et Adam commença à nettoyer les tables. Bart l'avait laissé seul en le chargeant aussi de laver les verres et de balayer le sol.

Adam se mit à l'ouvrage, redoutant le moment où il grimperait à son tour jusqu'à leur chambre et où il retrouverait Isabel et son corps de reine assoupie. La regarder était devenu une torture aussi insupportable que ce fauteuil de malheur.

Au cours de sa vie, il avait dormi dans des hamacs, par terre et dans d'étroits lits de camp, mais rien ne l'avait empêché de rejoindre les bras de Morphée comme ce siège. Il se demanda s'il ne parvenait pas à fermer l'œil à cause de l'inconfort de sa couche ou de la proximité d'Isabel endormie dans sa chemise de nuit. D'autre part, les fragrances de son parfum le rendaient fou.

Combien de temps résisterait-il ? Combien de temps réussirait-il à jouer les époux sans faire valoir ses droits conjugaux ? Combien de temps aurait-il la force de lutter contre son désir ardent ?

Il avait fini d'éponger les tables et de rincer les verres, et il attaquait le balayage de la salle lorsqu'une clé tourna dans la serrure de la porte d'entrée. Tendu, Adam se retourna et fut surpris de voir apparaître Blake Hariman. Ce dernier pénétra à l'intérieur et referma soigneusement le verrou derrière lui.

Déconcerté, Adam ne dit rien mais une décharge d'adrénaline traversa son corps lorsqu'il réalisa qu'il n'avait pas prévu cette arrivée impromptue. S'agissait-il d'un piège ?

Blake s'installa derrière le bar.

— Je t'offre un whisky ? proposa-t-il en sortant une bouteille.

— Je ne refuse jamais un verre gratuit.

Posant son balai, Adam s'approcha du comptoir, se préparant à toute éventualité.

Blake était grand et fort mais Adam ne craignait pas une altercation physique. Il devrait réussir à avoir le dessus, à moins que Blake ne soit armé.

D'un geste précis, ce dernier leur servit largement deux rations, puis ils trinquèrent.

— Santé.

— Santé.

Adam avala une gorgée et sentit l'alcool lui brûler le gosier.

— Bart sait-il que tu te sers dans sa réserve ?

A ces mots, Blake grimaça un sourire qui n'éclaira pas son visage glacé.

— Bart sait ce que je veux bien lui raconter. Ni plus ni moins.

— Bon, merci pour le whisky, dit Adam en reprenant son balai.

— Wilcox ! l'interpella Bart. J'ai entendu dire que tu n'appréciais pas particulièrement les Stanbury. Est-ce exact ?

Adam s'efforça de rester impassible.

— Peut-être, peut-être pas. Cela dépend de celui qui me pose la question et de la raison de son interrogation.

Blake haussa les épaules.

— Simple curiosité de ma part. Certains pensent qu'il est peut-être temps de renverser le régime.

— Sans doute, répondit prudemment Adam.

Il avait l'impression de parler un langage codé dont l'un et l'autre auraient perdu la clé.

A présent, il ne craignait plus que Blake n'en vienne aux mains. Pourtant le jeu qui se tramait entre eux n'était pas dénué de danger.

— J'ai des amis qui aimeraient instaurer un changement radical dans ce pays, reprit Blake.

— Oui. Et moi, j'ai des amis qui aimeraient être millionnaires. Et alors ? répliqua Adam avec une petite pointe d'agacement. Maintenant, si tu veux bien m'excuser, j'ai du travail.

Et il reprit son balai.

— Mes amis sont peut-être en train de se démener pour faire aboutir leurs idées.

— En quoi cela me concerne-t-il ?

— Je me disais simplement que tu pourrais peut-être les rencontrer un jour. Le nombre fait la force.

— Peut-être, répondit Adam sans cesser de s'activer.

— Je vais voir comment arranger ça, dit Blake en finissant son verre d'un trait.

Comme Adam se mettait de nouveau à nettoyer la salle, Blake se dirigea vers la sortie.

— Je te tiendrai au courant, conclut-il avant de disparaître dans la nuit.

Le sol était parfaitement propre mais Adam continuait à balayer pour réfléchir en toute quiétude. Qui étaient exactement les amis de Blake ? Les Patriotes ? Ou un autre groupe de lunatiques cherchant à renverser la monarchie ?

Venait-il de mettre le doigt sur une piste qui les conduirait au roi, ou ce contact se révélerait-il une autre perte de temps ?

Excité par les possibilités qui s'ouvraient à lui, il posa son balai, éteignit les lumières et grimpa l'escalier quatre à quatre.

Il n'avait aucune raison objective d'être optimiste mais il ne pouvait s'empêcher de penser que son étrange conversation avec Blake était l'ouverture qu'ils attendaient.

Initialement, il avait l'intention de mettre Isabel tout de suite au courant des derniers événements, mais en la voyant profondément assoupie, il n'eut pas le cœur de la réveiller. Il lui apprendrait ce rebondissement inattendu demain matin.

Il prit une douche rapide, enfila un short et sortit de la salle de bains. Incapable de résister à la tentation, il regarda la princesse.

Elle dormait profondément, sa respiration était régulière. La faiblesse envahit Adam et il lorgna avec envie la place à côté d'elle.

68

Tous deux étaient adultes et elle était pratiquement fiancée à un autre. Ils pouvaient certainement partager le lit pour une nuit ou deux sans que cela porte à conséquence.

Sans réfléchir plus longtemps, il s'étendit sur la couche, chaque muscle de son corps lui criant sa reconnaissance.

A peine ferma-t-il les yeux qu'il sombra dans le sommeil.

Isabel rêvait. Et quel rêve ! Elle se voyait blottie contre un corps chaud et musclé, un bras d'homme enlaçant sa taille pour la serrer plus étroitement contre lui... Et elle s'imaginait que cet inconnu était Adam.

Avec un soupir de plaisir, elle savoura un instant ce fantasme avant d'ouvrir les yeux. Son cœur battit aussitôt à tout rompre en prenant conscience qu'il ne s'agissait pas d'un songe mais de la réalité !

Adam partageait son lit et, pendant la nuit, ils s'étaient emboîtés l'un à l'autre au creux du matelas. Etait-il venu s'étendre à côté d'elle parce qu'il en avait assez de dormir dans un fauteuil ou par envie d'elle ?

Elle n'esquissa pas le moindre mouvement, osant à peine respirer. Elle ne voulait pas le réveiller et briser ce moment magique d'intimité.

Refermant les paupières, elle respira son odeur virile, brûlant de se tourner vers lui. Il sortirait alors de sa torpeur et l'embrasserait avec passion.

Le pourpre envahit ses joues à cette idée et son cœur battit plus vite. Elle n'avait jamais fait l'amour mais elle savait avec certitude que, avec Adam Sinclair, l'expérience serait merveilleuse.

Les sourcils froncés, elle pensa à l'avenir que son père voulait lui imposer. Le roi Michael avait en effet déjà mis sa fille aînée au courant des projets qu'il avait pour elle. Il souhaitait la voir épouser Sebastian Lansbury, se consacrer à son mari et assurer la descendance des Stanbury.

Mais le frère d'Isabel, Nicholas, était déjà papa d'une petite fille, LeAnn. Lui et sa femme auraient certainement d'autres enfants... dont un fils qui monterait, un jour, sur le trône à son tour. Et d'ailleurs, le bébé que portait Dominique était peut-être un garçon.

Bien sûr, Isabel avait envie d'être mère mais pas avec Sebastian Lansbury ! Elle refusait de se marier avec son cousin éloigné.

L'homme dont elle rêvait était collé à elle. Elle aurait été heureuse de passer sa vie entière blottie contre lui, à contempler ses beaux yeux gris...

Malheureusement, s'ils se retrouvaient, à cet instant, dans les bras l'un de l'autre, ce n'était pas grâce à la magie de l'amour mais à cause des circonstances. Le matelas trop mou avait naturellement permis à leurs corps de se rapprocher pendant la nuit mais cette intimité ne signifiait rien.

Elle aurait aimé croire qu'Adam l'avait étreinte volontairement et non dans son sommeil, mais à quoi bon prendre ses désirs pour la réalité ?

A l'idée qu'Adam n'éprouvât rien pour elle, elle ressentit une boule désagréable aux creux de son ventre...

Lorsqu'il battit enfin des paupières, il s'écarta d'elle aussi rapidement que si elle avait la peste.

— Bonjour, dit-elle, espérant réussir à dissimuler sa déception et son chagrin.

— Bonjour.

— Je vois que tu as cessé de te comporter comme un idiot et que tu t'es enfin décidé à dormir dans le lit.

Il se mit sur son séant, dévoilant son torse nu, et le cœur d'Isabel s'accéléra. Elle brûlait tant de caresser ses larges épaules, sa peau, de glisser les doigts dans les poils de sa poitrine !

— Mon dos n'aurait pas supporté une nuit supplémentaire dans ce fauteuil, répondit-il.

D'un mouvement souple, il se leva.

— Sais-tu ce que j'aimerais vraiment faire ?

A ces mots, la bouche d'Isabel devint brutalement sèche. Pour sa part, elle savait très bien ce qu'elle aimerait faire. Elle avait envie de l'obliger à s'allonger de nouveau près d'elle.

Elle avait envie qu'il l'embrasse jusqu'à ce qu'elle perde l'esprit, qu'il promène ses mains sur son corps jusqu'à ce qu'elle devienne folle de désir, qu'il la prenne et ne fasse plus qu'un avec elle.

— Non ? réussit-elle enfin à murmurer.

— Je veux sortir d'ici.

Elle le dévisagea sans comprendre.

— Comment cela ?

— J'ai besoin de respirer autre chose que la fumée de cigarettes et l'air confiné de cette chambre. Pourquoi ne pas nous habiller, avaler un rapide petit déjeuner et aller nous balader dans la campagne une heure ou deux ? Qu'en dis-tu ?

— D'accord.

Quelques instants plus tard, sous la douche, Isabel se persuada que cette promenade bucolique lui ferait du bien. Quitter un moment cet endroit, et son rôle, lui permettrait d'oublier les idées folles qui l'avaient traversée à propos d'Adam.

Ils prirent un café dans leur brasserie habituelle puis rejoignirent la voiture d'Adam.

Pendant le trajet, Adam resta étrangement silencieux. Tout en conduisant, il semblait perdu dans ses pensées. Un petit vent frais de printemps s'engouffrait dans l'habitacle par la fenêtre ouverte.

La journée promettait d'être belle et Isabel se rendit compte que depuis une semaine, elle n'accordait plus d'attention au temps. Ils avaient passé tant d'heures enfermés dans le bar enfumé !

Plus ils roulaient, plus Adam se détendait. Les tensions qui l'habitaient depuis l'instant où il avait ouvert les yeux paraissaient s'éloigner et il tapotait le volant du bout des doigts comme si un air lui trottait dans la tête.

— Joli coin, non ? dit-il finalement.

Isabel admira la campagne environnante, le lac qui, au loin, miroitait sous le soleil matinal, et son cœur se gonfla dans sa poitrine. Le royaume était magnifique. Comme elle l'aimait !

— Je ne connais pas de plus beau pays qu'Edenbourg. Mon père nous disait qu'il était le joyau de la mer du Nord.

Avec un gros soupir, elle ajouta :

— Je donnerais tous les Joyaux de la Couronne pour entendre de nouveau sa voix.

Adam lui lança un regard étonné.

— J'ai toujours cru que ce trésor était un mythe, une rumeur, et n'avait aucune réalité.

— Il existe, même si je ne sais pas exactement où il se trouve. Seul le roi connaît le secret.

La salle du trésor renfermait la fortune amassée par les Stanbury depuis des siècles.

Ils poursuivirent leur route et soudain, curieusement, Adam tourna à droite pour se garer devant une petite maison.

— Que faisons-nous ici ? demanda Isabel.

La porte de la maisonnette s'ouvrit alors et Nicholas apparut sur le seuil.

— Nicholas !

En reconnaissant son frère, Isabel bondit hors de la voiture et s'élança vers lui. Elle ne l'avait pas revu depuis son faux « kidnapping », depuis qu'il se faisait passer pour mort.

— Que je suis contente ! lui dit-elle en l'embrassant.

— Et moi donc ! s'exclama Nicholas en la serrant tendrement contre lui. Mais qu'est-ce que c'est que cette tenue ? Et qu'as-tu fait à tes cheveux ?

— Pourquoi ne discuterions-nous pas à l'intérieur ? intervint Adam.

— Bien sûr, répondit Nicholas.

Rebecca, la femme de Nicholas, la petite LeAnn dans les bras, les accueillit avec chaleur. Isabel embrassa sa belle-sœur et sa nièce.

Ravis de se retrouver, tous quatre s'installèrent autour d'une grande table rustique et ils se donnèrent des nouvelles tout en sirotant un café.

— Depuis combien de temps es-tu installé ici, Nicholas ? demanda Isabel.

— Pas très longtemps. Nous déménageons sans cesse.

— Le pays pleure ta disparition, les drapeaux sont en berne.

Isabel observa son frère. Il avait maigri. Son visage portait les stigmates des événements qui avaient frappé le royaume ces derniers mois.

— D'après ce que je sais, certains ont trinqué pour fêter mon passage de vie à trépas, répliqua-t-il en fronçant les sourcils.

— La majorité des habitants ont été accablés d'apprendre ta mort et aimeraient voir Père remonter sur le trône.

Hochant la tête, Nicholas poursuivit.

— Et vous deux ? Où en êtes-vous ? Et pourquoi es-tu habillée ainsi ?

En quelques mots, Isabel raconta à Nicholas et à Rebecca la comédie qu'elle jouait avec Adam.

— Malheureusement, conclut-elle, nous n'avons encore rien découvert.

— En fait, j'ai un peu avancé hier soir.

Avec étonnement, Isabel écouta le récit de la conversation qu'avait eu Adam avec Blake Hariman.

L'espoir s'empara d'elle. Enfin ils progressaient !

— Pourquoi ne m'en as-tu pas parlé plus tôt ? demanda-t-elle quand il eut fini.

— Il n'est pas trop tard, si ?

Il s'exprimait d'un ton posé mais son regard était teinté d'une curieuse intensité dont elle ne comprit pas la cause. Il avait le même, ce matin, lorsqu'il lui avait proposé d'aller faire un tour.

— Quelles autres nouvelles avez-vous à m'apprendre ? poursuivit Nicholas.

— J'ai eu Mère au téléphone hier et elle m'a dit que Edward faiblissait de jour en jour. Peut-être va-t-il renoncer au trône.

A ces mots, Nicholas fronça les sourcils.

— Ce qui signifierait que Luke prendrait sa place...

— Exact... Et cette éventualité me donne la chair de poule.

Rebecca les regarda, les yeux surpris.

— Pourquoi ? Je croyais qu'il t'avait sauvé la vie, Isabel, en tuant Shane Moore qui s'apprêtait à tirer sur toi ?

— C'est vrai.

Sans bien savoir pourquoi, Isabel n'appréciait pas son cousin. Luke était pourtant charmant et faisait preuve d'une sollicitude sans faille à l'égard de son père. Mais elle l'avait surpris plus d'une fois l'haleine chargée d'alcool, et elle devinait en lui un côté fourbe.

— J'aimerais seulement retrouver Père, et qu'il dirige de nouveau Edenbourg, voilà, ajouta-t-elle avec un soupir.

— J'espère que nous y parviendrons avant qu'il ne soit trop tard, dit Nicholas avec douceur.

Tendrement, Rebecca s'empara de la main de son mari. Leur amour mutuel sautait aux yeux et le cœur d'Isabel se serra.

— Il est déjà trop tard pour tabler sur un retour à la normale, remarqua Rebecca.

— Que veux-tu dire ? s'enquit Isabel.

Sa belle-sœur sourit tristement.

— Nous avons tous changé à travers ces épreuves. Et le royaume aussi. J'étais tombée amoureuse d'Edenbourg parce que ce pays me semblait un havre de paix et d'innocence. Mais cette image appartient désormais au passé.

Rebecca avait raison, songea Isabel. Ces derniers mois les avaient irrémédiablement métamorphosés, comme la semaine qui venait de s'écouler, d'ailleurs, et rien ne serait plus jamais comme auparavant.

Jusqu'alors, elle croyait que ses activités au sein du Ministère de la Défense lui suffisaient. Elle n'avait jamais ressenti le besoin de se marier, d'avoir des enfants.

Mais la vue du profond amour qui unissait Nicholas et Rebecca, comme celle de la petite LeAnn, avait éveillé au plus profond de son être le désir de connaître le même bonheur.

Elle comprit soudain qu'elle avait envie de vivre la passion qu'elle lisait dans les yeux de Nicholas et de Rebecca. Elle voulait être épouse et mère. Et aux côtés d'Adam Sinclair.

6.

Sur le chemin du retour, ils s'arrêtèrent dans un café pour y déjeuner.

— Comment savais-tu où se trouvait Nicholas ? demanda Isabel tandis qu'ils attendaient leur commande.

— Ben me l'avait confié, expliqua Adam. Nous pensions que Nicholas serait content d'être tenu au courant de notre mission et d'avoir quelques nouvelles du palais.

— Il semble fatigué.

— C'est vrai. La situation est difficile pour lui. A ce que j'ai entendu dire, Rebecca, LeAnn et lui sont obligés de changer de lieu chaque semaine pour ne pas se faire repérer.

— Au moins peuvent-ils se soutenir l'un l'autre, remarqua Isabel en se remémorant la manière dont son frère et sa belle-sœur se prenaient la main et leurs regards amoureux. C'est un énorme réconfort.

Elle posa sa serviette sur ses genoux sans cesser de songer à Nicholas et à Rebecca. Malgré elle, elle enviait le bonheur de ce couple.

— Nicholas contemple sa femme comme si elle était la huitième merveille du monde et elle aussi, dit-elle. L'amour est un magnifique cadeau.

A ces mots, Adam leva un sourcil étonné.

— Je ne te savais pas si sentimentale.

Elle sentit le pourpre envahir ses joues et en même temps, les paroles d'Adam la blessèrent et la mirent en colère. Elle avait l'impression qu'il niait un aspect vital de sa sensibilité, un côté très important de sa féminité.

Se penchant vers lui, elle répliqua avec véhémence.

— Ce n'est pas parce que je n'en parlais pas que je ne le pensais pas ! Rien n'est plus beau au monde qu'un amour sincère !

— Très bien, répondit-il lentement, comme surpris par sa brusque sortie.

A ce moment-là, la serveuse arriva, chargée de leurs assiettes. Tandis qu'elle les déposait devant eux, Isabel chercha comment faire comprendre à Adam l'évolution de son état d'esprit.

— Tu n'avais peut-être pas tort, la semaine dernière, en me disant que je voulais prouver quelque chose à mon père. Quand nous avons commencé cette mission, j'avais envie de lui montrer que j'étais assez intelligente, assez forte, assez douée pour réussir à le sauver et j'espérais ainsi lui faire prendre conscience qu'il avait commis une erreur en m'obligeant à renoncer à ma carrière militaire. A présent, aucune de ces raisons ne me semble importante. Je souhaite le retrouver simplement parce que je l'aime, parce que Dominique et Nicholas l'aiment et parce que ma mère a le cœur brisé depuis sa disparition.

— Et parce que le pays a besoin de lui, ajouta Adam.

Inexplicablement, de nouveau, la réflexion d'Adam l'irrita.

— En l'occurrence, le pays n'est pas ma priorité, riposta-t-elle.

Elle se cala sur sa chaise et le regarda droit dans les yeux, décidée à lui poser la question qui lui brûlait les lèvres depuis longtemps.

— As-tu quelqu'un dans ta vie, Adam ? Y a-t-il une femme qui compte particulièrement pour toi ?

Le visage impénétrable, il secoua la tête.

— Non, il n'y en a pas et je n'en cherche pas, d'ailleurs.

Il avala une gorgée d'eau avant de poursuivre :

— Dans ce domaine, j'ai hérité du caractère de mon père : ma carrière est mon épouse, mon amante... ma vie.

— Tu ne te sens jamais seul ? N'y a-t-il pas des moments où tu aimerais une compagne, une amante qui te connaisse si bien, qui t'aime tant, qu'elle pourrait partager tes pensées les plus intimes, tes rêves les plus secrets ?

Le regard rivé à son assiette, il ne répondit pas immédiatement.

— Bien sûr, la solitude me pèse parfois, mais jamais très longtemps. Je suis né pour être militaire et non pas mari ou père. Exactement comme toi, tu es destinée à être princesse. D'ailleurs, tu te plieras aux vœux de ton père et tu épouseras Sebastian Lansbury, un de ces jours.

Sidérée, Isabel le dévisagea, les yeux écarquillés. Que savait-il de Sebastian ? Et comment pouvait-il l'imaginer se marier avec ce bellâtre !

— Il n'est pas question pour moi de devenir sa femme ! protesta-t-elle.

A son tour, il la considéra avec étonnement.

— Mais je te croyais fiancée à lui.

— Je ne suis fiancée à personne ! s'exclama-t-elle avec véhémence. Et il est exclu pour moi d'envisager la moindre relation avec ce fat prétentieux et sans intérêt !

— Mais les journaux...

— Les journaux racontent n'importe quoi !

— Je me demandais comment il avait pris l'annonce de ton départ en vacances. Il a dû être déçu et…

— La seule chose qui le décevrait serait de voir son image disparaître soudain de son miroir. Sebastian est imbu de lui-même. Il n'aime et n'aimera jamais que lui.

Adam se mit à rire et Isabel se rendit compte qu'elle ne l'avait jamais entendu s'esclaffer auparavant. Une étrange émotion s'empara d'elle.

Un long moment, ils savourèrent leur repas en silence. L'esprit d'Isabel continuait intérieurement d'analyser les sentiments nouveaux dont elle était la proie.

Destinée à être princesse. Elle tournait et retournait les mots d'Adam dans sa tête. Parce qu'elle était la fille du roi, Adam tenait pour acquis que le bien du royaume était sa priorité, qu'elle se soumettrait aux décisions de son père sans se rebeller.

— Parfois, je regrette de n'être pas réellement Bella Wilcox, déclara-t-elle.

De nouveau, Adam leva un sourcil étonné.

— Pourquoi diable souhaiterais-tu être elle ?

— Une femme comme Bella est libre de suivre son cœur. Elle n'a pas à s'inquiéter des devoirs et responsabilités attachés à un titre ou à un statut, ni à satisfaire un pays. Elle ne se soucie que de ses propres envies.

Adam la considéra pensivement avant de reporter son attention sur son assiette.

— Nous ferions mieux de terminer notre repas et de retourner sans tarder à l'hôtel, dit-il finalement.

Sa réponse la déçut mais elle ne savait plus très bien ce qu'elle attendait de lui. Cette mission dont l'objectif initial était de leur permettre de libérer son père devenait de plus en plus compliquée.

Bientôt, ils arrivèrent à la Taverne des Soldats du Roi et se remirent dans la peau d'Adam et de Bella Wilcox. Assis à une table, ils bavardèrent avec les clients qu'ils connaissaient mais Isabel ne cessait de repenser à la conversation qu'Adam avait eue la veille avec Blake Hariman.

Chaque fois que la porte s'ouvrait, elle priait pour voir apparaître Blake ou l'un de ses comparses. Elle espérait que les amis dont Blake avait parlé à Adam étaient bien les Patriotes et surtout les ravisseurs du roi.

Elle était consciente du temps qui s'écoulait, rendant plus aléatoire la probabilité de retrouver son père vivant. Il avait déjà été victime d'un infarctus. En avait-il eu un autre depuis lors ? Etait-il déjà trop tard ?

Résolument, elle repoussa ces sombres pensées de son esprit. Elle ne pouvait y croire. Si son père avait succombé à une crise cardiaque, elle le saurait, la nouvelle aurait circulé, d'une manière ou d'une autre.

— Je monte un instant dans notre chambre y chercher de l'aspirine, dit Adam. Je reviens tout de suite.

Elle opina du menton. Le bruit comme la fumée devaient lui donner, comme à elle, la migraine.

Il venait de disparaître dans l'escalier lorsque quelqu'un tapota l'épaule d'Isabel. Comme elle se retournait, elle eut la surprise de découvrir Pam Sommersby devant elle. Les yeux bruns de la blonde étaient teintés de terreur. Tel un animal traqué, elle semblait prête à s'enfuir.

— Venez faire un tour avec moi, l'implora-t-elle.

Sans hésiter, Isabel se leva et la suivit. Ce n'est que dans la rue qu'elle songea soudain à Adam. Ne devait-elle pas l'attendre, lui proposer de les accompagner ?

Pam parut lire en elle comme dans un livre ouvert.

— Je veux vous parler, à vous et à vous seule, dit-elle. A personne d'autre.

Isabel refusait de laisser échapper l'occasion de s'entretenir enfin avec cette femme sous prétexte qu'Adam avait mal à la tête. Aussi emboîta-t-elle le pas à Pam. Bien sûr, n'étant pas idiote, elle n'écartait pas la possibilité que l'ancienne petite amie de Shane cherche à l'attirer dans un piège et elle resta mentalement sur ses gardes.

Mais apparemment, personne ne les attendait, tapi dans l'ombre, à la sortie de la Taverne et Pam avait vraiment l'air d'avoir envie de discuter avec elle.

Elles marchèrent un moment en silence. Un milliard de questions brûlaient les lèvres d'Isabel mais elle les retint, ne voulant pas inquiéter Pam.

La jeune blonde semblait terrorisée. Elle regardait sans cesse autour d'elle comme si elle craignait d'être suivie ou reconnue.

A un arrêt d'autobus, elle s'assit sur un banc et invita Isabel à prendre place à côté d'elle.

— Je sais qui vous êtes, lui déclara Pam d'une voix à peine audible.

— Bella, je suis Bella Wilcox. Shane était mon cousin du côté de ma mère.

Pam secoua la tête.

— Non, Shane n'avait aucune famille, hormis sa sœur et la fille de celle-ci. Vous êtes la princesse Isabel. Malgré vos cheveux teints, votre maquillage et ces vêtements, je vous ai reconnue.

Sidérée par sa perspicacité, Isabel ouvrit la bouche pour protester et tenter de la bluffer mais y renonça finalement.

— C'est vrai.

Les larmes montèrent aux paupières de Pam et elle sortit un mouchoir de son sac.

— Je suis désolée, dit-elle, vraiment désolée. J'ignorais... Sincèrement, j'ignorais que Shane était impliqué dans l'enlèvement du roi. Je ne soupçonnais pas non plus les crimes de ses amis, je le jure.

Isabel la crut. L'accablement de Pam était évident, elle n'en doutait pas. Les yeux de la jeune femme dévoilaient son âme.

— Pourquoi vous êtes-vous enfuie quand j'ai essayé de vous parler à l'enterrement ? lui demanda-t-elle.

Avec un soupir, Pam essuya ses joues ruisselantes.

— J'étais bouleversée et terrifiée. Tout devenait fou. Shane était mort et j'avais appris que votre frère aussi l'était. J'aimais Shane mais jamais je n'ai imaginé ses agissements.

Isabel aurait voulu la détester. Cette femme avait été amoureuse de l'homme qui avait enlevé son père ! Mais au fond de son cœur, elle était incapable de la haïr.

— Pourquoi m'avez-vous abordée aujourd'hui ?

De nouveau, Pam se moucha.

— Parce que trop de gens ont déjà perdu la vie, parce que plus personne ne maîtrise la situation, parce qu'il faut que ce cauchemar cesse avant que d'autres ne disparaissent à leur tour...

Isabel s'empara de la main de Pam.

— Il faut retrouver mon père. Nous avons entendu dire qu'il avait été victime d'une crise cardiaque. Où est-il enfermé ?

— Je suis désolée, je n'en ai aucune idée. Rares sont ceux qui connaissent son lieu de séquestration. Shane en faisait partie, mais à présent, il n'est plus là pour le dire.

— Shane était-il le cerveau de l'affaire ?

83

— Non. Il recevait des directives de quelqu'un du palais.

Frustrée, Isabel lâcha Pam et s'adossa au banc. Depuis le début, la police suspectait un traître dans l'entourage du roi mais de qui s'agissait-il ? Qui avait intérêt à faire disparaître le monarque ?

— Quelque part, quelqu'un sait pourtant où est enfermé le roi Michael, dit-elle finalement.

Un long moment, Pam resta silencieuse puis elle reprit la parole.

— Quelqu'un du groupe doit être au courant.

— Quel groupe ? Les Patriotes ?

— Non, Shane n'avait rien à voir avec les Patriotes. Il les considérait comme une bande d'hurluberlus sans colonne vertébrale.

— Mais alors de qui parlez-vous ?

— Des membres de « Liberté d'Edenbourg ».

— Qui sont-ils ? Comment entrer en contact avec eux ? Le savez-vous ?

Après un instant d'hésitation, Pam finit par opiner du menton. Elle se tourna vers Isabel, les yeux emplis de terreur.

— Ils sont dangereux, Votre Altesse.

Isabel soutint son regard.

— Ils détiennent mon père, Pam. Quelles que soient vos idées politiques, vous devez m'aider. Je vous en supplie… Sa vie en dépend.

Un long moment, Pam garda le silence. Elle leva la tête comme si elle cherchait dans le ciel une réponse. Isabel retint son souffle. Elle avait envie de la secouer, de la frapper, de la forcer à faire quelque chose, n'importe quoi, pour la mettre sur la voie.

— D'accord, répondit enfin Pam. Je ferai de mon mieux. Je sais quand et où ils se réunissent. Ils ont confiance en moi. Je pourrai vous conduire, vous et l'homme qui se fait passer pour votre mari, à une de leurs réunions.

Des larmes de gratitude brouillèrent la vue d'Isabel. Ils se rapprochaient du roi, ils allaient dans la bonne direction, elle en était sûre.

— Merci, dit-elle.

Soudain, Pam se leva précipitamment, comme si elle avait hâte de partir.

— Mardi soir, retrouvez-moi ici. Je vous y emmènerai.

Et elle s'éloigna à grands pas.

— Pam ? la rappela doucement Isabel.

La jeune blonde se retourna.

— Comment avez-vous deviné qui j'étais ?

Pour la première fois de la soirée, un sourire passa sur le visage ravagé de larmes de Pam.

— J'avais six ans à votre naissance. Cela va vous paraître idiot mais je m'imaginais que vous étiez ma petite sœur. Je vous ai suivie toute votre vie, j'ai lu tous les articles vous concernant, collectionné toutes les photos de vous. Je vous ai reconnue à l'instant où je vous ai vue.

— Je devrais peut-être m'inquiéter de l'être aussi par d'autres ?

— Non, ne vous faites pas de soucis. Dans cet accoutrement, vous ne ressemblez pas à une princesse. A mardi, 22 heures.

Et elle disparut dans la nuit.

Mardi soir. Après-demain, pensa Isabel. Levant les yeux vers le ciel, elle remercia silencieusement Dieu puis reprit le chemin de la Taverne.

Dans deux jours, Pam les aiderait à infiltrer le groupe responsable de l'enlèvement du souverain.

Elle espérait seulement que son père tiendrait le coup, qu'il n'était pas déjà trop tard pour le sauver.

Adam crut devenir fou.

Quand il était redescendu au bar, Isabel n'était nulle part en vue. Au début, il ne s'était pas affolé. Sans doute était-elle au petit coin.

Mais lorsqu'il était devenu évident qu'elle ne revenait pas, une première vague de panique l'avait submergé.

Il avait demandé à Bart s'il ne l'avait pas aperçue, et même prié les rares femmes présentes d'aller inspecter pour lui les toilettes pour dames. Mais Isabel demeurait introuvable et personne ne savait où elle était passée.

Comme le temps s'écoulait, des images cauchemardesques envahirent son esprit. Quelqu'un l'avait-il reconnue malgré son maquillage et ses cheveux teints ? Quelqu'un avait-il compris que la princesse se cachait derrière ces vêtements criards et bon marché ? Avait-elle été enlevée à son tour ? Allait-elle connaître le triste sort de son père ?

Il était sorti jeter un coup d'œil dans la rue, mais comment deviner quelle direction elle avait empruntée si, d'ailleurs, elle était sortie ? De nouveau, il était retourné à l'intérieur, avait inspecté tous les recoins du bar. En vain.

La panique s'emparait de lui. Etait-elle blessée ? Isabel n'aurait jamais suivi volontairement un inconnu. Et si un bandit avait voulu l'entraîner de force, elle se serait défendue comme une diablesse. Elle avait appris à se battre et maîtrisait parfaitement les techniques d'autodéfense enseignées à l'armée.

Mais si quelqu'un avait glissé une drogue dans son café ou l'avait attaquée par-derrière, elle aurait alors pu se faire kidnapper facilement. Tous ceux qu'il interrogeait prétendaient n'avoir rien vu mais Adam ne faisait confiance à aucun de ces voyous.

En proie à une angoisse grandissante, il ne savait que faire. S'il était arrivé quelque chose à Isabel, jamais il ne se le pardonnerait. Il n'aurait pas dû accepter de la laisser jouer cette comédie.

Il était sur le point d'appeler le palais pour demander de l'aide lorsqu'elle entra dans le bar. Ses joues étaient rouges et ses yeux brillaient d'un étrange éclat.

En la reconnaissant, un immense soulagement envahi Adam, aussitôt suivi d'une bouffée de colère.

Il se précipita vers elle et la saisit par le bras.

— Où diable étais-tu passée ? hurla-t-il, en réprimant à grand-peine l'envie de la secouer comme un prunier. Je me suis fait un sang d'encre !

— J'ai été faire un tour, répondit-elle évasivement.

Il la considéra comme si elle avait perdu l'esprit.

— Un tour ? Tu as été faire un tour ?

Hors de lui, il avait pourtant envie de la prendre dans ses bras et de la serrer contre lui pour s'assurer qu'elle était bien là, saine et sauve. Et de s'en rendre compte accentua sa rage.

— Tu es sortie sans moi ? Comme ça ? Sur une impulsion ? Mais tu es complètement folle !

— Adam, allons en discuter dans notre chambre.

Elle tenta de se libérer de son emprise mais il refusait de la lâcher.

— Tout le monde nous regarde, ajouta-t-elle en rougissant.

— Envoie-le au diable, chérie ! lança une des prostituées. Ne te laisse pas marcher sur les pieds !

Grâce à cette voix féminine, Adam prit brutalement conscience qu'ils étaient le centre d'attention de toute la salle. Tenant toujours Isabel fermement, il l'entraîna vers l'escalier.

Ils grimpèrent les marches sous les huées des clients, les hommes ordonnant à Adam de montrer à son épouse qui était le maître et de la remettre sur le droit chemin, les femmes assurant Isabel de leur soutien et l'encourageant à ne pas se laisser faire.

Le visage fermé, Adam ne prêtait aucune attention à ce brouhaha. Sa fureur se déchaînait.

Il ignorait où était partie Isabel, mais le fait qu'elle soit sortie sans lui, s'exposant ainsi à tous les dangers, sans se préoccuper de son inquiétude, le remplissait d'une colère incontrôlable.

Il ne la lâcha qu'une fois arrivés dans leur chambre. Claquant la porte avec violence, il se tourna vers elle.

— Es-tu devenue complètement folle ? Tu as été faire un tour ? Ignores-tu les risques que tu encours à aller te balader seule dans ce quartier mal famé et à cette heure-ci ? J'étais sur le point d'appeler le palais pour leur demander d'envoyer la police !

— Je suis désolée mais je ne pouvais faire autrement.

— Comment ça « tu ne pouvais faire autrement » ? explosa-t-il. As-tu oublié que tu es princesse ? Que les ravisseurs de ton père seraient ravis de t'ajouter à leur tableau de chasse ? Tu aimerais peut-être être Bella mais tu ne l'es pas et tu ne peux pas sortir te balader comme ça, quand l'envie t'en prend !

Avec un soupir, elle se laissa choir sur le bord du lit, sa jupe courte découvrant ses cuisses bien galbées. En la regardant, Adam oublia soudain les raisons de son irritation.

Il la désirait, mourait d'envie de lui faire l'amour, et son désir d'elle était si fort qu'il dépassait sa hargne. Mais de toute sa volonté, il refusa d'y céder et revint sur le terrain des reproches.

— Qu'avais-tu à faire de si important pour justifier cette sortie sans moi ? cria-t-il.

Une flamme de colère dans le regard, Isabel sauta soudain sur ses pieds et vint se planter sous son nez.

— Si tu cessais cinq minutes de hurler, j'aurais peut-être la possibilité de te l'expliquer !

Sa bouche n'était qu'à quelques centimètres de la sienne et soudain, Adam perdit le contrôle. La rage, le soulagement, le désir se bousculaient dans sa tête. L'attrapant par les épaules, il s'empara de ses lèvres avec avidité.

Instantanément, elle répondit à son baiser. Nouant les bras autour de son cou, elle l'embrassa avec une passion égale à la sienne.

Le monde parut s'arrêter de tourner. La fureur d'Adam tomba et les problèmes de la famille royale s'éloignèrent tandis que leur étreinte devenait plus ardente encore. Adam promenait des mains fébriles dans son dos, les glissaient sur ses seins. Il s'enivrait de sa chaleur, de sa douceur.

Elle se plaqua plus étroitement contre lui, comme pour l'encourager à la caresser plus intimement. Quand les doigts d'Adam s'insinuèrent sous son chemisier, un cri de plaisir jaillit des lèvres d'Isabel et il crut perdre la tête.

Pensant à ce à quoi elle avait échappé — elle aurait pu se faire enlever, ou pis — en traînant seule dans ce quartier mal famé, il poussa un gémissement.

— Tu ne te rends pas compte de la peur que j'ai eue, dit-il. J'ai imaginé le pire.

Les yeux brillant de désir, elle s'écarta de lui. Le prenant par la main, elle voulut l'entraîner vers le lit.

— Montre-moi, Adam. Montre-moi à quel point tu es heureux que je sois revenue saine et sauve. Fais-moi l'amour.

Les mots d'Isabel lui firent l'effet d'une douche glacée. Il revint à la réalité et s'éloigna d'elle, en proie à un regain de colère.

— Bien sûr, je suis soulagé que tu en sois sortie indemne. Mon nom est déjà souillé. S'il t'était arrivé quoi que ce soit, j'en aurais été tenu pour responsable.

La lueur qui brillait dans les prunelles de jade d'Isabel s'éteignit. Elle se rassit sur le bord du lit et il s'efforça de ne pas regarder ses jambes. Désespérément, il tentait surtout d'oublier qu'elle venait de lui proposer de coucher avec lui.

Mais la douleur qui assombrissait ses beaux yeux l'accablait. Il se passa la main sur la nuque, cherchant le moyen d'atténuer la brutalité de ses paroles.

— Isabel, dit-il doucement. Nous ne pouvons pas céder à nos envies. Nous ne sommes ni Bella ni Adam Wilcox. Et même si je peux comprendre que cela te soit parfois difficile, tu es princesse, Isabel et tu ne peux rien y changer.

Il fronça les sourcils. Il n'avait pas le droit d'embrasser la princesse et encore moins de lui faire l'amour. Oui, il était important qu'elle n'oublie pas son statut et que lui-même ne perde pas de vue qui il était... Adam Sinclair, le fils d'un traître.

90

7.

— Je ne peux pas m'empêcher de penser que si nous trouvions qui aurait intérêt à faire disparaître mon père, nous connaîtrions l'identité du traître de l'entourage royal, déclara Isabel à Adam.

Tous deux attendaient dans leur chambre l'heure de retrouver Pam et d'infiltrer le groupe responsable du kidnapping du roi Michael. Mais Isabel avait surtout envie de démasquer l'homme qui avait mis au point ce plan machiavélique, de découvrir le cerveau de l'affaire.

— Nous en avons déjà discuté.

Comme un lion en cage, Adam arpentait la pièce de long en large.

— Mais un détail a dû nous échapper, répliqua Isabel.

Depuis deux jours, depuis qu'elle s'était jetée à son cou pour le supplier de lui faire l'amour et qu'il l'avait froidement éconduite, ils s'efforçaient l'un et l'autre de garder leurs distances, sauf lorsqu'ils jouaient leurs personnages ou dans leur sommeil.

Finalement, Adam avait renoncé à dormir dans le fauteuil. La nuit, ils se glissaient sous les draps en veillant à ne pas se toucher, à rester éloignés l'un de l'autre.

Mais une fois endormis, ils se retrouvaient. Le bras d'Adam enlaçait la taille d'Isabel, la jambe de cette dernière se posait sur la sienne. Inconsciemment, leurs corps se cherchaient, leurs peaux étaient irrémédiablement attirées l'une par l'autre.

Pendant la journée, le moindre contact involontaire mettait Isabel au supplice. Si Adam effleurait son bras par inadvertance, elle sentait son cœur bondir dans sa poitrine. Si leurs épaules se frôlaient, un long frisson lui parcourait l'échine.

Les mains dans les poches, Adam poursuivait son raisonnement.

— Celui qui aurait le plus à gagner à supprimer le roi Michael serait Nicholas. Si ton père disparaissait, il monterait en effet automatiquement sur le trône.

— Mais Nicholas n'est pas impliqué puisque lui-même a fait l'objet de deux tentatives d'enlèvement. Dans celle qui a réussi, Ben jouait sa doublure et a été kidnappé à sa place. Mais c'est bien Nicholas qui était visé. D'ailleurs, il serait incapable de faire du mal à Père, j'en ai la certitude.

Adam hocha la tête. Il passa la main sur ses mâchoires, surpris comme toujours de sentir une barbe de plusieurs jours le piquer.

— Je partage cet avis. Nicholas est un homme bon. Le second à la succession du trône est donc Edward.

D'un air pensif, Isabel fronça les sourcils, tentant de se focaliser sur leur conversation et de ne pas penser à l'émerveillement qu'elle avait éprouvé en se réveillant dans les bras d'Adam.

— Je n'arrive pas à voir mon oncle comme le cerveau de cette affaire. Après des années d'éloignement, il est revenu au royaume pour se réconcilier avec son frère. Comment l'imaginer manigancer de liquider Père et Nicholas pour s'emparer du pouvoir ? Cela n'aurait aucun sens !

Avec un soupir, Adam se laissa choir dans le fauteuil.

— Cette éventualité est d'autant plus difficile à concevoir qu'il parle déjà d'abdiquer.

— Luke le remplacerait alors. Mais là encore, l'hypothèse de sa culpabilité semble tirée par les cheveux. Il est quatrième sur la liste des prétendants à la Couronne ! Comment, d'ailleurs, aurait-il pu prévoir que son père tomberait malade et renoncerait au trône ?

— Je suis d'accord. Edward est encore jeune. Il a la cinquantaine et tout portait à croire qu'il aurait pu régner quinze ou vingt ans.

— Quelqu'un qui aurait tout orchestré pour devenir roi considérerait certainement ce laps de temps beaucoup trop long.

— C'est évident. A présent, il faut y aller, ajouta Adam en consultant sa montre.

Le cœur d'Isabel bondit dans sa poitrine. L'heure avait sonné de rencontrer Pam, et d'infiltrer le groupe des ravisseurs de son père. Elle espérait qu'avant la fin de la nuit, ils auraient appris quelque chose qui les mettrait sur la voie d'une nouvelle piste.

Comme ils sortaient de la chambre, Adam lui prit la main.

— Bella et Adam Wilcox passent à l'action, dit-il.

Sans la lâcher, il l'entraîna à travers le bar. Isabel adorait sentir leurs doigts enlacés.

Quand, une fois dehors, il la libéra, un froid immense l'envahit et elle mesura la profondeur de son amour pour Adam Sinclair.

Elle l'aimait comme elle n'avait jamais aimé personne. Elle était folle de lui. En prendre conscience lui donna le tournis et elle chancela. Adam la rattrapa par le bras pour l'empêcher de s'étaler de tout son long sur le trottoir.

— Ça va ? lui demanda-t-il, en la dévisageant de ses beaux yeux gris, impénétrables comme toujours.

Sans un mot, elle hocha la tête, craignant, si elle ouvrait la bouche, de se trahir et de lui déclarer sa flamme. Lorsque, de nouveau, il s'écarta d'elle, elle eut l'impression qu'un poids énorme pesait sur sa poitrine.

Elle l'aimait. Elle l'aimait depuis des années, depuis que, jeune recrue, elle avait travaillé sous ses ordres. A cette époque, elle savait qu'une aventure entre eux aurait détruit sa carrière.

Mais à présent, il n'avait plus rien à craindre sur ce plan-là. S'il tenait ses distances, c'était évidemment qu'il ne partageait pas ses sentiments...

— Tout va bien, Isabel ?

La voix d'Adam interrompit ses pensées.

« Non, ça ne va pas. Je suis amoureuse de toi et je ne sais pas quoi faire de cet amour. Je t'aime et tu me brises le cœur. »

— Oui, oui, assura-t-elle. Je me sens juste un peu nerveuse.

— Tant mieux. Ta nervosité prouve que tu es consciente du danger de la situation et elle t'évitera de foncer, tête baissée, vers les ennuis.

— Et toi, l'es-tu ? s'enquit-elle.

Il lui adressa un petit sourire qui la fit fondre.

— Un peu.

A l'arrêt du bus, Pam les attendait et, en les apercevant, elle se précipita à leur rencontre.

— J'espère que je ne commets pas une grave erreur, dit-elle d'un air inquiet.

— Bien sûr que non, répondit Adam avec douceur. Vous agissez pour le bien non seulement de la princesse Isabel mais aussi de tout le pays.

A ces mots, Pam parut se détendre et Isabel fut touchée qu'Adam ait deviné ce que cette femme si fragile avait besoin d'entendre.

— Bien, allons-y, déclara Pam. Il va nous falloir marcher un peu, car personne ne vient aux réunions en voiture.

Ils longèrent plusieurs pâtés de maisons en silence. Isabel n'était jamais venue dans ce quartier. La plupart des boutiques étaient fermées, leurs vitrines cassées. Les immeubles délabrés respiraient la pauvreté et l'abandon.

— Shane ne vous a rien dit à propos de l'endroit où était détenu le souverain ? demanda Adam après un moment.

Pam secoua la tête.

— Depuis deux jours, j'essaie en vain de rassembler mes souvenirs pour tenter de me rappeler un détail qui pourrait vous mettre sur une piste. Un jour pourtant, j'ai entendu Shane déclarer à quelqu'un au téléphone que la vermine couronnée pourrissait sous les décombres du labyrinthe.

— Les décombres du labyrinthe ? Qu'est-ce que cela signifie ? demanda Isabel.

Pam haussa les épaules.

— Je n'en sais rien. Peut-être rien du tout. Peut-être était-ce juste une façon de parler.

— Vous ne vous rappelez rien d'autre ? insista Adam.

— Non, je suis désolée. Mais si quelque chose me revenait, je vous préviendrais. A présent, plus un mot, nous approchons.

En silence, ils remontèrent une rue étroite avant d'entrer dans le jardin d'une vieille chapelle à l'abandon.

Pam les conduisit derrière l'édifice et ouvrit une porte à moitié dissimulée par du lierre.

Des graffitis défiguraient les murs de l'ancienne église et le cœur d'Isabel se serra à la pensée que son père puisse être séquestré dans un endroit aussi sordide.

Si une réunion se tenait là, elle était étrangement silencieuse, songea Isabel. En pénétrant à l'intérieur, ils n'entendirent que l'écho de leurs pas sur les dalles de pierre jonchées de détritus et de débris de verre. Le bâtiment paraissait déserté depuis des années.

Pour la première fois, Isabel se demanda si Pam ne leur avait pas tendu un piège. S'agissait-il d'un guet-apens ? Pam essayait-elle sincèrement de réparer le mal que son amoureux avait fait ? Ou était-elle, comme Shane, une révolutionnaire décidée à renverser coûte que coûte la monarchie et à éliminer les Stanbury ?

Comme s'il devinait ses doutes et son inquiétude, Adam mêla ses doigts aux siens et lui enlaça la taille. Elle savait qu'il portait un revolver sous sa ceinture.

Pam traversa l'église couverte de cendres et de copeaux de bois.

— Par ici, dit-elle en les entraînant vers ce qui avait sans doute été autrefois la sacristie.

A présent, les vêtements sacrés avaient disparu, et les étagères étaient vides.

Stupéfaits, Adam et Isabel virent Pam tirer sur une de ces dernières, derrière laquelle se cachait un escalier en béton.

— Un bunker ? s'écria Adam, étonné.

— Exact. Ce blockhaus date de la Seconde Guerre mondiale. Voilà deux ans que nous nous retrouvons là.

Tandis qu'ils descendaient les marches, des milliers de doutes assaillirent Isabel. Elle serra plus fort la main d'Adam.

A présent, ils allaient découvrir si Pam était une amie ou une femme très intelligente qui leur avait tendu un traquenard imparable pour faire triompher la révolution.

Depuis leur arrivée dans la chapelle, Adam était sur le qui-vive. Le « groupe » se composait d'une vingtaine de personnes, des hommes pour la plupart. Au moment où ils avaient pénétré à l'intérieur du bunker, Adam avait senti planer sur eux un épais nuage de suspicion, qui s'était heureusement dissipé lorsque Pam les avait présentés comme la cousine de Shane et son mari.

Apparemment, l'aval de Pam et le lien familial avec Shane avaient suffi à rassurer les participants, qui les avaient acceptés sans poser davantage de questions.

Pourtant, Adam restait sur ses gardes. Sentir son revolver à sa ceinture ne le rassurait qu'à moitié. Tous les membres du groupuscule étaient probablement armés, eux aussi.

Personne ne fit allusion au roi. Isabel et Adam durent écouter pendant des heures d'interminables exposés politiques, des chimères de fanatiques. Tour à tour, chacun des « révolutionnaires » prit la parole pour exprimer ses frustrations, relater les méfaits du régime monarchique et revendiquer l'urgence d'un changement radical. Adam trouva les discours ennuyeux, les orateurs délirants et l'atmosphère pénible.

Quand l'ordre du jour fut épuisé, la plupart des gens restèrent discuter autour de la table et Isabel et Adam firent de même, dans l'espoir d'en apprendre davantage.

Adam posa son bras sur les épaules d'Isabel, tentant de faire abstraction de son parfum et de la douceur de sa peau nue sous ses doigts. Cette réunion devait être particulièrement pénible à suivre pour elle, pensa-t-il.

Non seulement elle était sans doute déçue que personne ne fasse allusion à son père, mais elle entendait des critiques sévères — voire des propos haineux — sur les Stanbury.

Il promena les yeux sur l'assemblée, essayant de repérer les meneurs du groupe...

Beaucoup d'hommes répétaient sur tous les tons que le pays avait besoin d'une révolution ; ils ressemblaient à des roquets qui faisaient beaucoup de bruit et n'agissaient pas. Sans doute les leaders faisaient-ils partie des types assis en bout de table et qui restaient cois.

Lorsque Isabel se leva pour s'entretenir en tête à tête avec Pam, il la lâcha à contrecœur, mais la rappeler aurait paru suspect.

La vermine couronnée pourrit sous les décombres du labyrinthe...

Les mots que Pam avait entendus dans la bouche de Shane tournaient dans sa tête. Quel sens cette phrase avait-elle ? Etait-ce une façon pour Shane de prévenir le cerveau que le roi était mort ? Ou l'expression indiquait-elle de manière codée ou imagée où était séquestré le monarque ?

Enfin, à qui diable parlait Shane ? Tout l'entourage royal avait été passé au peigne fin et cela n'avait rien donné.

Manifestement, Isabel était venue à cette réunion dans l'espoir d'obtenir immédiatement des renseignements. Mais infiltrer le groupe et nouer avec ses membres des relations de confiance prendraient du temps... Or, pour retrouver le monarque en vie, ils n'en avaient pas à perdre.

Par ailleurs, il se demandait combien de temps il réussirait à se montrer fort vis-à-vis d'Isabel. Il la regarda parler à Pam. Son ravissant visage s'animait, elle était prise par son personnage.

Mais derrière cette façade, Adam devinait les fragilités de la jeune femme. Une nouvelle souffrance assombrissait ses beaux yeux de jade, une douleur dont il était responsable... Pourtant, il n'avait pas le choix.

Il l'avait profondément blessée en refusant de lui faire l'amour mais s'il avait cédé à ses prières, elle en aurait inévitablement souffert davantage encore.

Elle n'était sans doute pas vraiment tombée amoureuse de lui. C'était impensable. Sans doute, à force d'incarner Bella, sa prétendue épouse, ne savait-elle plus très bien où elle en était.

Quand cette histoire serait terminée, elle redeviendrait la princesse Isabel et elle épouserait l'homme que son père lui destinait. Il s'agirait d'un mariage royal célébré en grande pompe. Il n'y avait pas de place pour lui dans l'avenir d'Isabel.

Cette certitude ne l'empêchait cependant pas de la désirer et il se demandait combien de temps il pourrait continuer à jouer son mari sans commettre une erreur qui ne rendrait la situation que plus difficile.

Il était plus de minuit lorsqu'ils quittèrent enfin le bunker et retournèrent à l'hôtel. Ils laissèrent Pam à l'arrêt du bus avec la promesse de rester en contact jusqu'à la prochaine réunion.

— Rien ! s'exclama Isabel quand ils se retrouvèrent seuls dans les rues désertes. Toute cette soirée n'a été qu'une vaste perte de temps.

— Isabel, les interroger aurait attiré l'attention sur nous et les aurait amenés à nous suspecter. Il n'en était pas question. Mettre ces gens en confiance va prendre des semaines, voire des mois. Et malheureusement, je ne vois pas comment accélérer le processus.

— Je sais.

Elle se mordit la lèvre, paraissant soudain beaucoup plus jeune que ses vingt-huit ans. Adam résista à l'envie de l'enlacer et de la serrer contre lui pour la réconforter.

Il savait ce qu'elle pensait. Le temps jouait contre eux. En vérité, il était peut-être déjà trop tard pour sauver le roi.

— Je ne peux pas continuer, Joséphine, déclara Edward en se laissant tomber sur une chaise aux côtés de son fils, Luke. Je suis malade et mon état, loin de s'améliorer, empire chaque jour.

— Que vous a dit le docteur ? s'enquit la reine, soucieuse de voir son beau-frère si fatigué.

Depuis trois mois, elle avait appris à apprécier Edward. Il avait tenté de l'épauler et d'aider le pays plongé dans la tourmente.

— Il pense que mes malaises sont dus au stress. En réalité, je me sens si faible que je n'ai même plus la force d'angoisser... Ni, malheureusement, de diriger Edenbourg.

Effectivement, il semblait épuisé.

Les sourcils froncés, Luke posa une main sur l'épaule de son père.

— J'ai tenté de le persuader de s'accorder un peu de repos, de partir en vacances, le temps de se rétablir mais...

Edward secoua la tête et sourit à son fils aîné avant de reporter son attention sur Joséphine.

— Le royaume a besoin d'un souverain en pleine possession de ses moyens. Depuis l'enlèvement de Michael, tout va de mal en pis dans le pays. Je ne suis pas à la hauteur de la tâche.

— Edward, comme je vous l'ai déjà dit, songez d'abord à vous en prenant votre décision. Quelle qu'elle soit, je vous soutiendrai.

Même si elle était sincère, le cœur de Joséphine se serrait à la pensée de Luke montant sur le trône.

— Alors, j'abdique, déclara Edward. Et samedi prochain, nous proclamerons Luke roi d'Edenbourg.

— Un couronnement ?

Joséphine le dévisagea avec surprise. Que Luke assure la direction du royaume en l'absence de Michael était une chose, qu'il devienne définitivement, par un sacre, le nouveau monarque d'Edenbourg, en était une autre.

— Aux grands maux, les grands remèdes, Joséphine, dit Edward, une infinie tristesse dans le regard. Le pays va à vau-l'eau depuis trop longtemps. Il est temps que quelqu'un reprenne la situation en main.

— J'ai essayé de lui faire entendre raison, dit Luke avec un soupir. Mais il n'y a rien eu à faire.

— Edenbourg a besoin d'un véritable roi.

Il se leva.

— J'espère que nous retrouverons Michael sain et sauf avant samedi, murmura Luke, la mine sombre, en laissant son père s'appuyer sur lui.

Accablée, Joséphine hocha la tête.

— Comme je vous l'ai dit, je défendrai toujours l'intérêt du royaume.

Avant de se retirer, Edward l'embrassa sur la joue.

— Je partage votre chagrin, dit-il.

Elle savait qu'il parlait de Michael mais aussi de Nicholas dont la mort avait été annoncée.

Soulagée de se retrouver seule, Joséphine se laissa lourdement tomber dans son fauteuil.

Elle avait envie de pleurer mais elle avait versé tant de larmes depuis la disparition de Michael qu'elle n'en avait plus. Son cœur se révoltait à l'idée de Luke sur le trône. En dépit de ses charmes et de sa dévotion manifeste à son père, elle ne l'aimait pas.

Pourtant, elle n'avait rien à lui reprocher, objectivement. Peut-être lui en voulait-elle simplement de prendre la place de Michael. Mais en l'absence de ce dernier et Nicholas se faisant passer pour mort, si Edward abdiquait, la direction du pays revenait de droit à Luke.

A moins que Dominique n'attende un garçon... Si elle donnait le jour à un fils, celui-ci serait l'héritier légitime de la Couronne. Finalement, Dominique avait accepté de demander le sexe du bébé mais sous certaines conditions.

Le médecin avait glissé le résultat de l'échographie dans une enveloppe scellée qui était à présent entre les mains de Joséphine. Une heure avant le couronnement, si Michael n'avait pas encore été retrouvé, le pli serait décacheté.

Bien que Nicholas soit le monarque désigné pour remplacer son père, Joséphine ne voulait pas qu'il monte sur le trône avant que le responsable du kidnapping n'ait été démasqué. Tant que le traître ne serait pas arrêté, aucun membre de la famille n'était en sécurité.

Mais elle devinait aussi le danger de laisser Luke s'emparer des rênes du pays. Elle ne lui faisait pas confiance. Une fois sacré roi, il les déposséderait de leurs biens comme de leurs droits, elle le pressentait. Pourvu que Dominique porte un garçon ! En apprenant la naissance prochaine du petit-fils de Michael, le peuple soutiendrait sa légitimité, elle en était certaine.

Comme toujours, avec la tombée de la nuit, le chagrin de Joséphine se mua en désespoir. Michael était-il mort ? Etait-ce la raison pour laquelle elle se sentait si vide, si profondément déprimée ?

Non, elle ne devait pas perdre espoir. Isabel avait fini par lui avouer ce qu'elle tentait de faire avec Adam Sinclair. Bien que Joséphine se fasse du mauvais sang pour sa fille, leur mission se solderait peut-être par un succès et peut-être retrouveraient-ils Michael sain et sauf.

Elle s'accrochait à cette espérance. Elle voulait croire que le destin ne serait pas assez cruel pour lui faire mesurer le profond amour qu'elle éprouvait pour son mari sans lui donner la possibilité de le lui dire.

8.

Deux semaines, songea Adam avec un soupir. Voilà deux semaines qu'il suivait avec Isabel les réunions au bunker sans obtenir de résultats tangibles. Soir après soir, ils avaient écouté des litanies de plaintes de gens aigris qui « voulaient que ça change », mais ils n'avaient rien appris sur l'enlèvement du roi.

Un carnet et un stylo à la main, Adam s'étendit sur le lit. Isabel prenait une douche dans la salle de bains. Calant un oreiller sous sa nuque, il relut ses notes.

Il avait dressé la liste des suspects dans l'entourage royal. Elle était très courte puisqu'elle ne comportait que trois personnes : Edward, Luke et son frère, Jake. Et soupçonner l'un d'eux d'avoir kidnappé le monarque pour s'emparer du trône semblait aberrant.

Sur une autre page, il avait également noté les noms des adhérents du groupe qu'ils avaient réussi à infiltrer. Malheureusement, il ne connaissait la plupart d'entre eux que par leurs prénoms. Il aurait paru bizarre de leur demander leurs patronymes. Pam avait pu les renseigner pour certains. Elle tentait de les aider mais ne détenait pas toujours les informations nécessaires.

Pour la énième fois, Adam se pencha sur ses feuillets en essayant de ne pas prêter attention aux bruissements dans la pièce voisine, de ne pas se représenter Isabel nue sous le jet d'eau chaude.

Il était 2 heures du matin. Après avoir fini de balayer de fond en comble le bar, comme chaque soir, Adam avait été surpris de découvrir Isabel éveillée lorsqu'il était remonté dans leur chambre.

Anxieuse à l'idée que Luke serait sacré roi avant la fin de la semaine, elle avait finalement décidé de prendre une douche pour tenter de se détendre.

Adam reprit son stylo et se mit griffonner sur son bloc. Il fronça les sourcils. A présent, elle se séchait et il l'imagina frottant une serviette-éponge sur ses épaules humides, sur son ventre, sur ses jambes soyeuses...

Depuis trois semaines, il avait eu le temps de découvrir ses habitudes nocturnes. Après s'être lavée, elle se passait une lotion hydratante sur le corps, une crème qui sentait bon la pêche. Puis elle versait une goutte de parfum derrière ses oreilles et ces flagrances mêlées emplissaient la pièce toute la nuit et le rendaient fou.

Il crayonnait toujours quand elle sortit de la salle de bains. Vêtue d'une chemise de nuit et d'une robe de chambre, elle s'assit sur le lit.

— Je vais devoir reteindre mes cheveux, dit-elle. La couleur s'en va.

— Avant d'en arriver à cette extrémité, nous devons discuter.

Quand elle se tourna vers lui, il s'interdit de glisser un regard dans l'encolure de son peignoir qui laissait deviner la courbe de ses seins.

— Discuter de quoi ?

Sans maquillage, la force de sa personnalité transparaissait sur son visage. Sa beauté naturelle émouvait chaque fois Adam. Il savait que ses yeux verts le hanteraient longtemps après la fin de cette mission.

— Combien de temps allons-nous continuer, Isabel ? Combien de temps allons-nous rester dans ce trou à rats à faire semblant d'être un couple que nous ne sommes pas ? Quand allons-nous renoncer ?

Une flamme éclaira ses prunelles de jade et elle serra les lèvres.

— Pas question d'arrêter avant d'avoir retrouvé mon père, avant de connaître l'identité du traître !

— Et si nous n'apprenons rien de plus dans les deux, trois, six mois à venir ?

Avant de poursuivre, Adam poussa un profond soupir, sachant qu'il allait dire quelque chose qui la mettrait probablement en colère.

— Isabel, il est possible que nous n'entendions plus jamais parler du roi Michael, que les gens qui le séquestrent ne nous fassent pas assez confiance pour nous révéler où il se trouve.

Elle s'assit en face de lui.

— Je refuse de considérer cette éventualité. Je ne peux pas y croire.

Ces dernières semaines, Adam l'avait observée et avait deviné que l'espoir ne l'avait jamais quittée. Contre vents et marée, contre tout bon sens, elle s'accrochait à ses certitudes. Au moment de la disparition de l'Amiral Sinclair, lui aussi avait espéré, envers et contre tout, qu'il serait pourtant retrouvé sain et sauf, et qu'une explication logique écarterait de lui tout soupçon de trahison.

Mais cette époque était révolue. Adam avait été obligé de regarder la réalité en face. Comme ni Jonathan Sinclair ni l'épave de l'avion n'avaient été découverts, il avait été forcé d'accepter la possibilité que son père ait commis l'inimaginable.

Manifestement, Isabel n'en était pas à ce stade. Elle ne pouvait concevoir de ne pas aboutir, de ne pas faire triompher la vérité, de ne pas délivrer le souverain. Pour elle, l'issue de cette histoire serait fatalement heureuse. Et cet optimisme irrationnel inquiétait Adam.

— Isabel, nous ne pouvons pas jouer cette comédie éternellement. Tu dois accepter la possibilité que tu ne sauras peut-être jamais ce qu'est devenu ton père.

— Je ne peux pas.

Ses forces parurent soudain l'abandonner. Sa lèvre inférieure se mit à trembler.

— Je t'en prie, Adam. N'essaie pas de ruiner mes espoirs, dit-elle en lui prenant la main. C'est tout ce qu'il me reste et j'en ai besoin pour tenir.

Il mêla ses doigts aux siens, incapable de l'obliger à se confronter à l'inévitable, comme lui-même avait dû s'y résoudre.

— Je ne veux pas semer le doute en toi, Isabel, ni te miner le moral. Mais nous devons retourner à nos métiers, à nos vies…

Avec un soupir, elle le lâcha et replia ses jambes contre sa poitrine. Elle paraissait tout à coup beaucoup plus jeune qu'elle ne l'était.

— C'est vrai. Mais j'ai l'impression que nous touchons au but, ajouta-t-elle.

— Peut-être avons-nous tort de croire que le désir de s'emparer de la Couronne est le motif de l'enlèvement, reprit Adam, frustré. Peut-être la finalité de l'entreprise est-elle plus personnelle.

— Que veux-tu dire ?

— Je ne sais pas, mais l'objectif ultime du cerveau de l'affaire n'est peut-être pas de monter sur le trône. Peut-être cherche-t-il, par exemple, à punir le roi Michael ou ta famille de quelque chose.

— En tant que souverain, mon père a souvent été amené à prendre des décisions difficiles qui ne faisaient pas l'unanimité. Mais je ne peux pas concevoir que quelqu'un au palais lui en veuille à ce point-là. Or, celui qui tire les ficelles est un proche et vit au château. Nous en avons la certitude.

— J'ai dressé une liste de suspects.

Elle regarda son bloc-notes.

— Apparemment, tu ne t'es pas contenté d'écrire des noms, remarqua-t-elle en souriant à la vue des petits croquis qui ornaient le haut de la feuille. J'ignorais que tu avais des talents de dessinateur.

— C'est censé représenter un labyrinthe… Et je cherche le fil d'Ariane… En vain.

Les sourcils froncés, elle lui demanda soudain son carnet. Elle l'étudia un long moment et Adam la considéra avec surprise.

— Qu'y a-t-il, Isabel ?

— Cela me rappelle quelque chose…

— Quoi donc ?

Elle le dévisagea avec une intensité qui provoqua une décharge d'adrénaline chez Adam.

— Qu'y a-t-il, Isabel ? Qu'est-ce que cela te rappelle ?

Les yeux rivés au dessin d'Adam, la jeune femme paraissait pétrifiée. Soudain, elle se tourna vers lui.

— Les catacombes ! s'exclama-t-elle.

— Les catacombes ?

Le regard d'Isabel brillait d'excitation.

108

— Mon père m'a montré un jour une représentation de ces catacombes. Elles sont anciennes, presque en ruine et cachées sous le château.

Fébrile, elle prit la main d'Adam et la serra avec force.

— Elles forment en effet un véritable labyrinthe, un dédale de rues souterraines démolies par endroits. Décombres, catacombes, la clé de l'énigme était peut-être bien contenue dans les paroles de Shane, après tout. Lui et ses amis révolutionnaires considéraient la famille royale comme des parasites, d'où l'expression « vermine couronnée » et ils ont l'intention de détruire la monarchie d'où sans doute l'allusion aux « décombres ».

Devinant qu'elle venait en effet de mettre le doigt sur un élément capital, Adam l'interrogea d'une voix impatiente.

— Comment pénétrer dans ces catacombes ?

— La seule entrée que je connaisse se trouve dans la chapelle, derrière l'autel. Une trappe y est dissimulée et permet d'y descendre. Adam... Crois-tu que Père y est séquestré ?

Elle se leva soudain.

— Il faut y aller et vérifier tout de suite s'il est enfermé là-bas.

— Reprends tes esprits, Isabel et calme-toi. Nous ne savons pas combien de personnes le gardent et je suis sûr qu'il y a d'autres accès à ces souterrains. Nous ne pouvons pas nous y rendre seuls et sans préparation.

— Tu as raison, mais alors que faire ? Nous avons évidemment besoin de renfort mais à qui demander de l'aide ? Peut-on faire confiance à la garde royale ? Le coupable ne doit pas se douter de notre découverte.

— C'est juste. J'ai une escouade d'hommes qui donneraient leur vie pour sauver le roi Michael. Ils sont sûrs et loyaux. Je sais que je peux compter sur eux.

Nerveusement, il consulta sa montre.

— Je vais les joindre, les réunir et tout mettre au point afin d'être prêts à passer à l'action à l'aube.

Il attrapa son jean et sa chemise et se dirigea vers la salle de bains.

— Tu ne vas pas m'exclure de cette opération ! s'écriat-elle.

Derrière la porte, il l'entendit s'habiller à la hâte et comprit qu'elle se préparait au combat pour libérer son père.

Inutile de lui demander de rester ici, et de les laisser, lui et ses hommes, prendre en main la situation. Il n'avait aucun moyen de l'empêcher de les accompagner. Il espérait simplement parvenir à la tenir à l'écart du danger.

Le soleil pointait tout juste à l'horizon quand Adam, Isabel et quinze marins entraînés pénétrèrent silencieusement dans la chapelle du palais.

En entrant dans ce somptueux lieu de culte, ils n'échangèrent pas un mot. Ils avaient passé la nuit à mettre au point leur stratégie et les consignes étaient connues de tous.

Si Isabel avait pu n'en faire qu'à sa tête, elle se serait ruée dans les catacombes, sans réfléchir, dès la veille au soir. Mais elle n'ignorait pas les méthodes militaires. Elles lui avaient été apprises par un des meilleurs : Adam.

Et tandis qu'elle l'avait écouté exposer la tactique préconisée, elle avait fondu d'amour pour lui. Il était si beau, si intelligent. Manifestement, ses subordonnés l'admiraient et le respectaient.

Comme ils ouvraient la trappe située derrière l'autel et descendaient l'escalier de pierre, Isabel se focalisait sur une seule chose : ils devaient retrouver son père.

Elle s'en voulait de n'avoir pas pensé plus tôt aux catacombes. Mais ces cimetières souterrains étaient oubliés de la plupart des habitants d'Edenbourg depuis des lustres.

Plus ils s'enfonçaient dans les profondeurs de la terre, plus l'air sentait le renfermé et l'humidité. Isabel entendait les battements précipités de son cœur, si forts qu'elle se demandait s'ils étaient perceptibles pour ses compagnons.

Les hommes avançaient sans bruit, comme des ombres, le long des parois rocheuses. Isabel savait que les catacombes était un réseau inextricable de couloirs et de salles et qu'il faudrait des heures ou même davantage pour en faire le tour.

Elle était reconnaissante à Adam d'être là, avec elle. Le sentir à ses côtés la rassurait, lui permettait de canaliser son énergie et d'apaiser les tensions dont elle était la proie.

Allaient-ils enfin découvrir son père ? Ce dernier serait-il vivant ? Comment avait-il pu survivre dans ce trou à rats ? songeait-elle avec terreur.

A la lueur de leurs torches, ils progressaient dans le dédale souterrain, s'aventurant toujours plus loin dans l'ancien labyrinthe.

Ici et là, les murs étaient décorés de fresques élaborées et de scènes religieuses illustrant certains passages de la Bible, peintes des siècles auparavant. Des niches mortuaires étaient également reconnaissables à différents endroits.

Au fur et à mesure qu'ils avançaient, certains des marins s'arrêtaient pour fouiller des pièces tandis qu'Adam, Isabel et le reste du groupe continuaient leur marche.

Finalement, Adam et Isabel se retrouvèrent seuls à explorer les couloirs. La lampe de poche d'Adam perçait à peine l'obscurité qui les enveloppait.

La princesse lutta contre l'envie de chercher sa main. L'idée était ridicule. Il portait sa torche de l'une et aurait besoin de l'autre s'il devait dégainer son arme. D'ailleurs, elle avait été exercée aux combats, physiquement et mentalement. Elle n'avait besoin du soutien de personne.

A chaque pas, elle priait Dieu de leur permettre de retrouver son père vivant. Autrefois, elle s'était souvent disputée avec lui. Elle se rebellait contre son désir de la voir adopter un style de vie de princesse. Mais à présent, ces conflits lui paraissaient dérisoires. Elle aurait accepté sans se plaindre de se plier à tous les vœux paternels en échange de la certitude qu'il soit sain et sauf.

Elle avait l'impression de marcher depuis des heures quand elle crut apercevoir une faible lueur au loin. Attrapant le bras d'Adam, elle la lui désigna. Il éteignit aussitôt sa lampe de poche.

Effectivement, une lumière tamisée était perceptible derrière une courbure du chemin.

Le cœur d'Isabel battait à tout rompre et elle sentit ses cheveux se dresser sur sa tête. Quelqu'un, armé d'une torche, se tenait dans un des couloirs perpendiculaires au leur et elle savait qu'il ne s'agissait pas d'un des hommes d'Adam.

A pas de loup, Adam s'approcha de l'angle de la ruelle souterraine pour regarder de l'autre côté. A sa respiration haletante, Isabel devina la tension qui l'habitait.

Une intense émotion s'empara d'elle. Adam avait-il reconnu son père ? L'avait-il vu étendu mort dans une de ces tombes primitives ? Elle eut du mal à déglutir, se préparant au pire.

Risquant un œil par-dessus l'épaule d'Adam, elle scruta à son tour la pénombre pour découvrir ce qui se tramait. Elle crut s'évanouir à la vue de Willie Tammerick vautré sur une chaise près d'une petite pièce fermée par des barreaux.

Willie Tammerick, le chaleureux pilier de bar, perpétuellement ivre, le vaurien à l'air niais de la Taverne des Soldats du Roi, n'était visiblement ni aussi sympathique, ni aussi porté sur la boisson, ni aussi stupide qu'il voulait le faire croire.

Avant qu'Adam n'ait pu l'en empêcher, Isabel s'approcha de lui.

— Salut, Willie, lança-t-elle d'un ton léger comme si elle le croisait au comptoir de la Taverne.

Willie sursauta et pointa immédiatement son arme sur elle.

— Les autres m'ont dit que je te trouverais là, poursuivit-elle.

A ces mots, il parut se détendre et se rassit mais sans baisser son revolver.

— Ils t'ont fait confiance. Après tout, tu es de la famille de Shane, dit-il.

Isabel hocha la tête et lui montra les barreaux de la petite pièce derrière lui.

— Il est là ?

Le cœur battant, elle s'approcha pour jeter un œil à l'intérieur.

Son père était assis sur un étroit lit de camp. Accablée, elle ne vit dans ses yeux aucune lueur donnant à penser qu'il la reconnaissait.

— A présent, il n'a plus rien du roi arrogant qu'il était, dit-elle avec une ironie feinte.

Elle s'efforçait de s'exprimer avec une insouciance qu'elle était loin d'éprouver. En réalité, l'état du monarque l'angoissait terriblement. Son visage blême trahissait sa détresse et sa mauvaise santé. Elle dut lutter pour ne pas se précipiter à l'intérieur.

D'abord, il fallait que Willie relâche la garde et détourne son arme. Elle savait qu'à ce moment-là, Adam jaillirait de l'ombre pour le neutraliser.

— Il parle ? demanda-t-elle.

— Plus beaucoup.

D'un air soupçonneux, Willie la considéra un moment.

— Qui t'a parlé de tout ça ?

Isabel blêmit. Devinant que Willie n'allait pas tarder à comprendre qu'elle se moquait de lui, elle préféra ouvrir les hostilités, comptant sur l'effet de surprise. D'un geste prompt, elle lui envoya un violent coup de pied à la poitrine.

Brutalement touché, Willie tomba à la renverse.

— Isabel ! rugit soudain son père en s'agrippant aux barreaux de sa prison.

Adam se jeta alors dans la bagarre. Il arracha le revolver des doigts de Willie et l'envoya promener au loin.

— Debout, Willie, dit-il en pointant son propre pistolet sur lui.

Lentement, le voyou se releva.

— Mais qui diable êtes-vous ? demanda-t-il à Adam.

Il avait perdu son regard vitreux d'alcoolique.

— Le capitaine Adam Sinclair, et nous sommes venus libérer le roi.

— Père ! s'exclama Isabel, les larmes aux yeux, en saisissant ses mains à travers les grilles de sa geôle.

— Ouvre cette porte ! ordonna Adam à Willie.

Ce dernier n'esquissa pas un geste.

— Allez, Willie. La partie est finie et tu l'as perdue.

— Depuis la mort de Shane, je savais que cette histoire se terminerait mal.

Avec un soupir, il s'empara du trousseau de clés accroché à sa ceinture et en introduisit une dans la serrure.

Au moment où il l'ouvrit, Isabel le bouscula pour se ruer dans les bras de son père. Blottie contre lui, elle explosa en sanglots.

— Tu vas bien, Père ? Nous étions si inquiets !

Elle prit son visage fatigué entre ses mains.

— Nous avons su que tu avais été victime d'une crise cardiaque.

— Oui… mais je vais mieux à présent. Ma fille chérie, j'avais si peur de ne jamais te revoir, de n'avoir plus l'occasion de te dire à quel point je t'aime, à quel point je suis fier de toi.

Etonnée par ces paroles, Isabel l'étreignit plus fort. Son père n'avait jamais été très démonstratif et il ne lui avait jamais exprimé ouvertement son affection.

Sur ces entrefaites, les hommes d'Adam les rejoignirent et Willie fut ligoté en un tour de main.

— Que fait-on à présent ? demanda Isabel.

— Que veux-tu dire ? intervint le monarque en se redressant. Nous allons évidemment jeter cet individu en prison et je vais retourner au palais.

— Pardonnez-moi, Majesté, mais je ne pense pas que cette solution serait très sage, intervint Adam. Il y a un traître au château.

— Qui ? s'enquit Michael, sa force régalienne retrouvée.

— Nous l'ignorons, Père. Mais, ajouta Isabel en se tournant vers Willie, tu le sais toi. Tu reçois les ordres de quelqu'un. De qui s'agit-il ?

— Je suis incapable de vous le dire.

— Laissez-moi cinq minutes seul avec lui et je vais le faire parler, intervint un des marins.

Willie haussa les épaules.

— Vous pouvez me frapper, me jeter en prison, me faire subir le pire, vous n'obtiendrez pas son nom car je l'ignore. Seul Shane connaissait le cerveau de l'affaire.

— Alors comment te transmet-il ses ordres ? demanda Isabel.

— Je contacte un numéro de portable et l'homme qui prend l'appel me dit ce que je dois faire.

Soucieuse, Isabel prit le bras d'Adam.

— En priorité, Père doit consulter un médecin.

— Je veux voir Joséphine, déclara Michael.

— Retourner au palais serait trop risqué dans l'immédiat, répéta Adam qui réfléchissait à la meilleure solution. Je possède une petite maison pas très loin de la capitale, à la campagne. Nous allons vous y conduire puis nous déciderons de ce qu'il convient de faire.

Ces mots rappelèrent à Isabel que leur mission n'était pas encore terminée. Ils avaient retrouvé son père, mais tant que le cerveau ne serait pas démasqué, ni lui ni Nicholas ne seraient en sécurité.

— Va prévenir ta mère, Isabel, lui ordonna Adam avant de se tourner vers un de ses hommes. Green, tu sais où se trouve ma résidence secondaire, n'est-ce pas ?

— Oui, commandant.

— Tu vas y conduire Isabel et la reine. Simpson et Keller, je vous charge de surveiller notre prisonnier. Nous allons l'emmener également là-bas en attendant la suite des événements.

Une dernière fois, Isabel embrassa son père avant de quitter les catacombes avec Green.

Deux heures plus tard, ce dernier arrêta sa voiture devant une charmante petite gentilhommière. Isabel et sa mère, assises à l'arrière du véhicule, se tenaient la main.

Personne — hormis les marins qui avaient participé à l'opération et Joséphine — n'était au courant de la libération du roi. Avant que Green n'ait coupé le contact, Joséphine ouvrit la portière et se précipita dans la maison.

Isabel se hâta de la rejoindre. Dans le salon, ses parents se jetèrent dans les bras l'un de l'autre. Michael s'était lavé et rasé mais ses cheveux étaient toujours trop longs et son visage tiré et pâle.

— Michael, mon amour, gémit Joséphine, les larmes inondant ses joues.

— Joséphine, ma Joséphine chérie.

Isabel les regarda avec étonnement. Elle ne les avait encore jamais vus s'enlacer ou s'embrasser. Jusqu'alors, ils se comportaient l'un avec l'autre avec respect et admiration mais s'abstenaient de toute effusion en public.

— Isabel, l'appela doucement Adam en lui faisant signe.

Sur la pointe des pieds, elle se retira pour le suivre, comprenant que ses parents avaient besoin de temps pour se retrouver après ces épreuves.

Adam et Isabel firent quelques pas dans le jardin. L'air sentait bon l'herbe coupée.

— Depuis combien de temps es-tu propriétaire de cette maison ? demanda-t-elle.

— Je l'ai achetée au moment où mon père et cet avion ont disparu. Quand les rumeurs ont commencé à circuler, j'ai pensé que j'aurais peut-être besoin d'un refuge, de m'éloigner du monde.

— Pourquoi ? Même si l'Amiral avait trahi la Couronne, tu n'aurais aucune responsabilité dans ce crime.

Le regard sombre, comme hanté, Adam lui expliqua :

— Si les rumeurs se confirment, si mes hommes n'ont plus confiance en moi, je serais obligé de démissionner. Je ne peux pas diriger une équipe si mon intégrité est mise en cause.

De tout son cœur, elle espérait pouvoir sous peu lui transmettre de bonnes nouvelles. Pourvu que les enquêteurs chargés de travailler sur ce dossier découvrent quelque chose ! Mais jusqu'ici, elle n'avait pas entendu parler d'eux.

— T'étais-tu douté que Willie était mêlé à cette affaire ? demanda-t-elle, changeant de sujet. Il a fait allusion devant nous aux Patriotes pour nous lancer sur une fausse piste. C'était lui qui était impliqué dans ces enlèvements, pas eux.

— Il m'a complètement berné. J'étais persuadé que Blake Hariman et son groupe étaient les coupables. En réalité, ils ne sont qu'une bande de rebelles aigris.

— Où se trouve Willie à présent ?

— Dans une des chambres sous bonne surveillance. Ton père et moi avons mis au point un plan.

— Lequel ?

En quelques mots, il lui exposa leur stratégie. Elle l'écouta attentivement, tentant de ne pas prêter attention au charme de son beau visage viril sous le soleil matinal.

Elle revit son père et sa mère tombant dans les bras l'un de l'autre, et l'amour qui avait explosé dans la pièce lorsqu'ils s'étaient embrassés. Elle voulait connaître ce bonheur... avec Adam, mener « pour de vrai » avec lui l'existence conjugale qu'ils jouaient depuis trois semaines.

Elle avait envie de se réveiller chaque matin dans ses bras, de s'endormir chaque nuit après avoir fait l'amour

118

avec lui. Elle rêvait de construire sa vie avec lui, une vie remplie d'espoirs et de rêves, de rires et de passion.

Le cœur lourd, elle prit conscience de la réalité de la situation. Le roi libéré, elle et Adam n'avaient plus de raison de poursuivre l'intimité qu'ils avaient partagée. L'aventure prenait fin. Elle avait retrouvé son père mais allait perdre l'homme qu'elle aimait...

— J'ai beaucoup de choses à t'annoncer, ma chérie, murmura Michael à sa femme.

De la main, il caressa avec douceur son visage, une expression d'amour intense dans le regard.

— J'ai eu plus de temps qu'il n'en faut pour réfléchir, poursuivit-il.

— Moi aussi, répondit-elle. Je t'aime, Michael et j'avais si peur de n'avoir jamais l'occasion de te dire à quel point.

Il prit ses lèvres et l'embrassa avec une flamme qu'il ne lui avait jamais montrée auparavant.

— Nous ne nous séparerons plus jamais, lui promit-il. Désormais, j'ai besoin de toi auprès de moi, à chaque instant.

Le cœur de Joséphine se gonfla d'un bonheur inconnu. Cet homme, ce roi, était son mari, l'amour de sa vie.

— Moi aussi, je veux passer le reste de mon existence dans tes bras, déclara-t-elle avec ferveur.

— Mais avant tout, nous devons démasquer le traître du palais.

Joséphine hocha la tête. Elle n'avait pas peur. Avec Michael à ses côtés, elle n'aurait plus jamais peur de rien.

9.

Décontenancé, Willie regarda le téléphone qu'Adam lui tendait.

— Que dois-je faire avec cet appareil ?

Autour d'eux se tenaient également Isabel, le roi Michael et la reine.

— Appelle ton patron et dis-lui que le roi est mort.

Isabel vit sa mère blêmir et prendre la main de son mari. Joséphine ne lui avait jamais paru si vulnérable. Son amour pour son époux la rendait plus fragile mais tellement plus humaine !

— Et pourquoi vous obéirais-je ? répliqua Willie.

— Pour sauver votre vie, répondit le monarque avec douceur.

Un long moment, Willie hésita puis il finit par hocher la tête. Il s'empara du combiné et composa un numéro.

— C'est moi, dit-il à son interlocuteur. La vermine a définitivement disparu.

Un silence s'ensuivit.

— Oui, il a dû succomber à une crise cardiaque plus sérieuse que la première, poursuivit-il.

De nouveau, il écouta son correspondant avant de reprendre la parole.

— D'accord, je m'en occupe, répondit-il en raccrochant.

— Qu'a-t-il dit ? s'enquit Isabel.

— Il m'a chargé de faire disparaître le corps.

Un frisson parcourut l'échine de la princesse. Son père aurait pu passer de vie à trépas et personne n'aurait jamais retrouvé son cadavre.

— Bien. Nous allons conduire Willie à la base navale où il restera enfermé jusqu'à la fin de cette histoire, décida Adam. A présent, le cerveau est persuadé que le roi Michael, tout comme son fils Nicholas, ne sont plus de ce monde. Peut-être va-t-il enfin commettre l'erreur qui nous permettra de le démasquer.

Avec gravité, le roi Michael posa la main sur l'épaule d'Adam.

— J'apprécie beaucoup tout ce que vous avez fait, commandant, et je vous remercie de mettre votre demeure à ma disposition jusqu'au jour du couronnement.

— Si tu restes ici, je veux demeurer près de toi, Michael, intervint Joséphine.

Le regard que posa le souverain sur sa femme fit de nouveau frissonner Isabel. Elle espéra qu'un jour, un homme la dévisagerait ainsi.

— Tu resteras cette nuit, dit-il. Mais dès demain, tu devras retourner au palais et faire comme si de rien n'était. Personne ne doit se douter de ce qui se passe. Jusqu'à samedi, chacun, au château, doit continuer à me croire disparu.

Les hommes emmenèrent Willie dans la prison militaire. Deux d'entre eux s'installèrent chez Adam pour assurer la sécurité du roi et de la reine.

Quand tout fut arrangé, Adam et Isabel quittèrent la maison. Si Isabel se réjouissait d'avoir retrouvé son père sain et sauf, son cœur était lourd en comprenant que les moments de complicité qu'elle avait connus avec Adam étaient finis.

— Je ne veux pas que tu retournes à la Taverne des Soldats du Roi, dit-il en rejoignant sa voiture. Le groupe va s'apercevoir que le roi comme son geôlier se sont volatilisés. A présent, il serait dangereux de nous montrer.

Elle se força à sourire.

— Quel dommage de devoir abandonner les vêtements que j'ai laissés là-bas !

— Tu es de nouveau une princesse et ces frusques ne conviennent pas à un membre de la famille royale.

Hochant la tête, elle grimpa dans le véhicule.

Il allait la reconduire au château, elle retrouverait sa suite luxueuse. Il pensait la ramener chez elle mais elle ne se sentait plus chez elle au palais.

Désormais, son cœur avait élu domicile dans la minuscule chambre de la Taverne, là où elle avait dormi deux semaines avec Adam, là où ils avaient ri ensemble, là où ils s'étaient embrassés...

Mais elle savait qu'Adam ne partageait pas ses sentiments, qu'il n'éprouvait aucun amour pour elle. S'il l'avait aimée, il ne la déposerait pas ainsi au palais avant de retourner chez lui, indifférent. Elle espérait seulement réussir à lui dire au revoir sans se ridiculiser en se jetant à son cou.

— Pendant que tu allais chercher ta mère, j'ai demandé à un cardiologue de venir examiner le roi Michael, lui apprit-il, rompant le silence qui s'était installé entre eux. Bien sûr, sans le matériel hospitalier, il réserve son pronostic mais il paraissait optimiste et pense que la crise cardiaque dont ton père a été victime n'a pas causé de dommages irréversibles.

— Père doit consulter son propre docteur.

— Il préfère patienter jusqu'à samedi. Le coupable se démasquera peut-être alors comme nous l'escomptons. En attendant, le roi Michael ne peut faire confiance à personne, pas même à son médecin personnel.

— Quelle tristesse de ne pouvoir se fier à son entourage !

— Là où le pouvoir est en jeu, il y a toujours des gens qui veulent s'en emparer.

Isabel ne le comprenait que trop bien.

— Je me suis souvent demandée si Sebastian aurait autant envie de m'épouser si j'étais issue du peuple et non princesse.

Adam la dévisagea d'un regard pénétrant.

— Tu ne peux pas séparer les deux. Tu es une femme mais tu ne dois pas renier le sang bleu qui coule dans tes veines. Il fait partie de toi.

A ces mots, le cœur d'Isabel se serra davantage. Elle savait qu'il lui faisait subtilement comprendre que son titre leur interdisait d'envisager un avenir commun.

— Père t'a-t-il raconté les circonstances de son enlèvement ? reprit-elle, préférant discuter du roi pour ne pas penser à son chagrin.

— Selon lui, le matin du baptême de LeAnn, il a reçu un appel d'Edward lui apprenant son arrivée à Edenbourg avec ses fils. Edward a sollicité une entrevue avec lui, en tête à tête.

— Ainsi Edward fait partie du complot depuis le départ ! s'exclama-t-elle.

— Je ne le crois pas. A présent, ton père doute que son frère ait été son interlocuteur.

— Mais son correspondant était forcément au courant du retour d'Edward et de ses fils à Edenbourg. Or, personne n'avait été prévenu de leur arrivée !

Elle soupira. Le mystère s'épaississait et elle s'épuisait à tenter de résoudre cette énigme.

— Toute cette affaire est si compliquée !

De nouveau, elle se remémora les retrouvailles de ses parents et les mots d'amour que son père lui avait dits dans les catacombes.

— Père a beaucoup changé. Ces mois de captivité ont fait de lui un autre homme.

— Cela n'a rien d'étonnant. Tu ne peux pas être confronté à l'éventualité d'une mort imminente sans en être affecté.

Comme ils approchaient du palais, Isabel sentit un poids dans sa poitrine. Elle tenta de le repousser mais une douleur lui broyait le cœur et elle se sentait complètement dépossédée.

Il était ridicule d'avoir l'impression d'avoir perdu quelque chose qu'elle n'avait en réalité jamais eue, de regretter une vie conjugale qu'elle n'avait, en fait, jamais connue, et qui n'avait jamais été qu'une mascarade.

Après avoir franchi les grilles du château, Adam se gara devant l'aile où se trouvaient les appartements d'Isabel.

Quand il éteignit le moteur, elle se tourna vers lui, horrifiée de sentir des larmes monter à ses yeux.

— Je sais que cela paraît idiot, mais j'ai le sentiment que nous sommes en train de divorcer.

Une séparation dont elle ne voulait pas, songea-t-elle tandis que ses pleurs inondaient ses joues.

— Allons, allons, reprends-toi. Je te raccompagne à ta porte.

Ils sortirent de l'habitacle et il lui offrit son bras. Elle avait tant de choses à lui dire, mais l'émotion lui étreignait la gorge et elle ne parvenait pas à prononcer un mot.

— Isabel, commença-t-il avec douceur. Une partie du danger inhérent à ce type d'opération vient du risque de s'identifier à son personnage, de finir par confondre la personnalité incarnée pour un temps, pour un rôle de composition, avec la sienne.

Incapable de répondre, elle hocha la tête.

— Il est temps d'oublier cette comédie, poursuivit-il. Notre mission s'est conclue par un succès et à présent, tu dois te retrouver, retirer ton déguisement, te démaquiller, redevenir brune...

Comme il lui caressait la joue, la vision d'Isabel fut de nouveau troublée de larmes. Elle devinait que c'était la dernière fois qu'il la touchait ainsi.

Lorsqu'ils se reverraient, il serait redevenu le capitaine Adam Sinclair et elle, la princesse Isabel, membre du cabinet du Ministère de la Défense. Ils n'auraient plus de conversations personnelles, ne partageraient plus leurs vies ni leurs rêves...

Il laissa retomber sa main.

— Maintenant, la princesse d'Edenbourg est de retour et tu dois assumer les devoirs et les responsabilités attachés à ton rang.

Il était si près d'elle que l'envie de se pencher vers lui, de lui tendre ses lèvres pour un dernier baiser la tenailla. Mais elle craignait qu'il ne la repousse une fois de plus et brise ainsi son cœur.

— Je te verrai au couronnement, ajouta-t-il avant de la saluer et de se diriger vers son véhicule.

Il s'éloignait déjà quand elle le rappela doucement par son prénom. Le regard impénétrable, il se retourna.

— Je voulais juste te dire que j'ai adoré être ta femme, murmura-t-elle.

Il hocha la tête puis, sans un mot, s'installa au volant et démarra.

En voyant la voiture disparaître dans l'obscurité, Isabel fondit en larmes, ravagée de chagrin.

Elle avait été à deux doigts de lui déclarer l'amour fou dont elle brûlait pour lui. Mais lui n'avait rien répondu, il n'avait même pas prononcé une parole amicale. Il n'éprouvait rien pour elle. Rien.

Tout était fini entre eux, complètement fini. Leur mission avait été un grand succès. A présent, elle en payait le prix...

Quitter Isabel sans la prendre dans ses bras, sans même l'embrasser, fut une des épreuves les plus difficiles de la vie d'Adam.

Depuis trois semaines, ils avaient vécu comme mari et femme et il s'était répété qu'il n'éprouvait pour elle que du désir, que des pulsions physiques.

Mais il savait qu'il n'était pas sincère avec lui-même. Oui, il avait envie d'elle, il mourait d'envie de goûter ses lèvres, de lui faire l'amour encore et encore. Il la désirait si fort parce qu'il l'aimait.

Il aimait tout d'elle, ses agaçantes petites manies comme sa force intérieure et sa tendre vulnérabilité qu'il avait découverte non sans surprise. Il l'aimait de toute son âme mais n'avait pas l'intention d'aller plus loin avec elle.

Hormis un nom éclaboussé par un scandale et un cœur qui ne recelait aucune goutte de sang bleu, il n'avait rien à lui offrir. Sans doute céderait-elle à présent aux désirs de son père et épouserait-elle son cousin Sebastian Lansbury ou un autre homme riche.

126

Dans deux jours devait être célébré le couronnement de Luke. Juste avant la cérémonie, le roi Michael reprendrait sa place légitime sur le trône. Puis Adam s'efforcerait de nouveau de résoudre le mystère de la disparition du Phantom et essaierait de laver de tout soupçon la réputation de son père.

Il avait le sentiment confus que ses efforts pour prouver l'innocence de l'Amiral Jonathan Sinclair entraient dans la même catégorie que ses sentiments pour Isabel. Ils étaient voués à l'échec et définitivement sans espoir.

Les deux jours suivants passèrent rapidement. Adam resta la majeure partie de son temps dans sa maison avec le roi Michael, le prince Nicholas, Marcus Kent, le haut conseiller du roi, et Ben Lockhart. Les cinq hommes mirent au point un plan pour permettre au roi de remonter sur le trône.

S'ils avaient espéré que la prétendue mort du monarque forcerait le coupable à commettre une erreur et à se trahir, rien de tel ne s'était produit. Néanmoins, le roi Michael avait décidé de revendiquer sa place avant le sacre officiel de Luke.

Dans cette optique, la nuit précédant la cérémonie, le roi Michael et le prince Nicholas furent conduits dans un endroit secret du palais et Adam se retrouva seul chez lui.

Il avait toujours considéré cette maison isolée comme un havre de paix. Mais ce soir-là, le silence qui l'entourait lui donnait trop de temps pour réfléchir et, comme d'habitude, il ne pensait qu'à Isabel.

Voilà deux jours qu'ils avaient cessé de jouer les couples mariés. Et elle lui manquait terriblement. Il regrettait sa mauvaise humeur du matin ainsi que son premier sourire de la journée qui métamorphosait ses traits et qui l'irradiait, lui, jusqu'au cœur.

Son parfum, ces flagrances subtiles de fleurs qui le remuaient si profondément, lui manquait, tout comme son rire, sa détermination et aussi, son côté têtu.

Mais il n'était pas pour elle, se rappela-t-il avec un soupir tout en s'installant dans un fauteuil avec une bière.

Demain serait une journée à marquer d'une croix blanche pour Edenbourg. La majorité des habitants adoraient le roi Michael et se réjouiraient de le savoir en vie et prêt à reprendre ses fonctions. La plupart des gens craignaient de voir Luke, cet homme trop jeune qui n'avait même pas grandi au royaume, aux commandes du pays.

Soudain, des phares balayèrent de lumière le jardin. Très peu de personnes connaissaient l'existence de sa retraite. Qui pouvait bien lui rendre visite à cette heure tardive ?

Avec curiosité, il sortit de la maisonnette et découvrit Isabel au volant de la voiture.

— Isabel, que fais-tu là ?

— Adam, j'ai quelque chose à te dire.

Il l'invita à entrer à l'intérieur et la fit asseoir, sans être sûr d'avoir envie d'entendre ce qu'elle se préparait à lui annoncer. Il savait qu'elle s'imaginait être amoureuse de lui, mais aussi qu'il n'y avait aucun avenir possible entre eux. Il ne voulait pas d'une scène difficile, il avait peur de lui, de ses propres émotions.

Heureusement, elle était vêtue d'une robe stricte, sans aucun rapport avec les tenues provocantes qu'elle arborait à la Taverne des Soldats du Roi.

— Je vois que tes cheveux ont retrouvé leur couleur naturelle, remarqua-t-il en s'installant en face d'elle.

Elle hocha la tête. Elle le fixait avec une telle intensité qu'il eut du mal à soutenir son regard.

— Adam, j'ai des nouvelles pour toi.

— Des nouvelles ? répéta-t-il, étonné. De quelle sorte ?

— Il s'agit de ton père.

Adam se raidit, réprimant la souffrance immédiate que l'évocation de l'Amiral engendrait toujours en lui.

— Et comment les as-tu obtenues ?

— Quand je t'ai prié de revenir au royaume pour nous aider à retrouver Père, j'ai demandé à deux détectives privés de continuer à enquêter à propos de la disparition de l'Amiral Sinclair.

— Et qu'ont-ils découvert ?

Le cœur serré, il ne savait même pas ce qu'il avait envie d'entendre.

Si l'amiral Jonathan Sinclair avait péri et que toute l'histoire se résumait à un tragique accident, alors le nom d'Adam était lavé de tout soupçon, mais il avait perdu son père pour toujours. Et si l'amiral Jonathan Sinclair était bien un traître qui avait vendu le prototype de l'avion à un pays ennemi, alors Adam vivrait le reste de son existence dans la honte. Mais au moins saurait-il que son père était vivant quelque part.

— Ils ont retrouvé l'avion, Adam.

— Où ?

— Au large des côtes de Suède, au fond de l'océan.

Aussitôt, il comprit la signification de ces paroles. Son père n'était plus. Le regard rivé au sol, il lutta contre le chagrin qui le submergeait. Il s'était cru préparé à cette éventualité mais la nouvelle l'accablait.

— Ils ont récupéré une partie de la carcasse de l'appareil. Le Phantom s'est abîmé en mer à cause d'une avarie du moteur.

Il la sentit s'approcher de lui. Elle s'assit par terre, à ses pieds, et prit ses mains dans les siennes.

Dans ses yeux — les plus doux du monde — brillaient une compassion et un amour infinis. Il ne savait pas ce qui le faisait souffrir le plus : le décès de son père ou la certitude qu'Isabel l'aimait et qu'ils ne pourraient jamais vivre cet amour.

— Il est mort en héros, Adam, dit-elle doucement. Ton père et ces deux pilotes ont été emportés en accomplissant leur devoir, pour le pays qu'ils aimaient.

Pendant un an, le doute et l'angoisse avaient tourmenté Adam et maintenant, les émotions qu'ils refoulaient depuis si longtemps menaçaient de jaillir, d'exploser. Il perdait pied, la douleur l'anéantissait, mais il refusait de craquer devant Isabel.

Il se leva et la mit rapidement debout. Il fallait qu'elle parte avant qu'il n'éclate en sanglots. Il avait besoin d'être seul pour pleurer son père.

Comme il la poussait vers la sortie, il vit la surprise et une immense tristesse traverser le regard d'Isabel.

— Isabel, dit-il doucement. Merci de m'avoir prévenu. Mais à présent, il me faut un peu de temps pour digérer la nouvelle.

— Je mesure ton chagrin mais j'aimerais que tu me laisses te réconforter.

Les yeux remplis d'amour, elle le supplia :

— Adam...

Il posa un doigt sur ses lèvres pour la réduire au silence.

— Ne dis rien, Isabel.

Elle allait lui avouer son amour, il le devinait, et il ne pouvait supporter de l'entendre lui déclarer sa flamme. Pas maintenant. Ni jamais.

— Merci, Isabel. A présent, rentre chez toi, nous nous verrons demain au couronnement.

Comme elle tournait les talons, il l'arrêta cependant sur le seuil.

— Isabel, moi aussi, j'ai adoré jouer ton mari, dit-il avant de refermer la porte.

Il s'appuya lourdement contre le mur et fondit en larmes sans savoir s'il pleurait la mort de son père ou la perte de la femme qu'il aimait et qui ne serait jamais la sienne.

10.

Isabel ne se souvenait pas avoir déjà vu la cathédrale d'Edenbourg aussi noire de monde. Non seulement les dignitaires du pays, les membres de la famille royale et toute la haute société étaient là, mais le couronnement de Luke avait également attiré la noblesse des royaumes voisins.

Derrière ces grands personnages, le peuple d'Edenbourg se bousculait dans l'édifice et sur le parvis. Les enfants juchés sur les épaules de leurs parents tentaient d'apercevoir le futur roi. Des femmes portaient des fleurs dans leurs cheveux en signe d'allégresse.

La vision, dans la foule, de nombreuses pancartes à l'effigie de son père réchauffa le cœur d'Isabel. Même si, elle le savait, personne ne se rebellerait contre le nouveau monarque, les gens montraient ainsi leur attachement au roi Michael et à son fils et leur rendaient hommage.

Comme chacun se pressait dans la nef, Isabel observa l'assistance, tentant de repérer le visage d'Adam. L'amour qu'elle éprouvait pour lui l'anéantissait.

En se rendant chez lui pour lui donner des nouvelles de son père, elle avait espéré qu'il la prendrait dans ses bras et reconnaîtrait enfin ses sentiments pour elle.

La réputation de l'Amiral Sinclair blanchie, plus rien n'empêchait en effet Adam de lui déclarer sa flamme, aucun obstacle ne se dressait plus entre eux. Mais manifestement, Adam ne l'aimait pas.

Elle se raidit sur sa chaise, priant pour réussir à ne pas fondre en larmes de la journée. Elle s'était toujours considérée comme une femme solide et forte, mais aimer Adam la rendait vulnérable.

La reine se pencha vers sa fille.

— Tu vas bien, Isabel ?

— Oui, oui, très bien, lui assura-t-elle aussitôt.

Pas question de ternir la lueur de joie qui brillait dans les yeux de sa mère depuis qu'elle avait retrouvé Michael.

Isabel n'avait jamais vu la souveraine si belle. Elle lui avait toujours paru digne, altière et élégante, mais désormais elle resplendissait de bonheur et de féminité. L'amour la faisait irradier.

Comme tous les membres de la famille royale, Isabel était assise à droite de l'autel. Luke patientait dans le chœur, entouré de son père et des membres du clergé qui célébreraient le sacre.

Lorsque ses yeux se posèrent sur Edward, Isabel sentit son cœur se serrer. Elle ne l'avait pas croisé depuis deux semaines et il paraissait tellement affaibli ! Maigre, les yeux hagards, il faisait peine à voir.

Isabel scruta avec attention les visages entourant Luke. L'un d'eux était fatalement le traître qui avait organisé l'enlèvement du roi et de Nicholas. Quelqu'un dans cette cathédrale avait demandé sans hésiter à Willie de faire disparaître le corps du monarque comme s'il s'agissait d'un sac poubelle.

Qui ? Elle observa l'assemblée, ces gens qui avaient été si proches de son père. Qui était responsable de crimes aussi odieux ?

L'évêque se levait pour commencer la célébration quand un murmure s'éleva près de l'entrée. Ce brouhaha enfla comme une vague tandis que les portes de l'édifice s'ouvraient en grand. Emue, Isabel entendit la foule scander avec joie en frappant dans ses mains : « Le roi Michael, le roi Michael ! »

Au même instant, son père et son frère fendirent l'assistance et remontèrent l'allée centrale jusqu'à l'autel, suivis par Marcus Kent, le capitaine Adam Sinclair et Benjamin Lockhart.

Adam... Le cœur d'Isabelle fondit. Dans son bel uniforme d'apparat, il était magnifique ! L'amour qu'elle éprouvait pour lui lui faisait mal. Aucun homme ne la bouleverserait jamais comme Adam parvenait à le faire, sans même le vouloir.

Tandis qu'ils progressaient vers le chœur, le silence tomba brusquement sur la cathédrale, et chacun retint son souffle. Manifestement, Luke et Edward ne voyaient pas ce qui se passait. Puis Luke se leva comme le prévoyait le protocole et se tourna vers l'assemblée. Il aperçut alors le petit groupe qui avançait vers lui et, en reconnaissant le roi Michael et son fils, son sourire disparut. La stupeur se peignit sur ses traits, bientôt remplacée par une indicible fureur.

— Non ! hurla-t-il. Vous devez être mort ! Il m'avait dit que vous étiez mort !

Un cri indigné s'échappa de toutes les poitrines.

— Gardes ! Arrêtez cet homme ! ordonna le roi Michael avec force et autorité en désignant Luke. Jetez-le en prison !

134

— Mon Dieu, Luke, qu'as-tu fait ? gémit Edward d'une voix à peine audible.

Comme des soldats entraînaient Luke dans la sacristie, Isabel, sa mère et le reste de la famille les suivirent. Horrifiée, Isabel n'en revenait pas. Ainsi, le coupable était Luke ! Il les trahissait depuis le début !

Luke fut assis sur une chaise, à côté d'Edward, et Adam s'installa en face de lui pour l'interroger.

— C'est vous qui avez téléphoné au roi Michael le matin du baptême de LeAnn en vous faisant passer pour votre père, n'est-ce pas ? lui lança-t-il. Vous aviez tout organisé depuis des mois. Votre plan était parfaitement au point.

— Dis-lui qu'il se trompe, qu'il fait erreur, fils, supplia Edward. Michael, je ne peux pas y croire !

Secouant la tête, le roi Michael regarda son frère avec compassion.

— Son unique erreur est le cri que Luke a poussé en me reconnaissant dans la cathédrale. Un seul homme était au courant de ma mort... le cerveau de toute l'affaire.

— Mais pourquoi, pourquoi, Luke ? bégaya Edward. Pourquoi as-tu commis ces horribles crimes ?

— Pourquoi ?

Luke se mit à rire et Isabel frissonna. Le regard de son cousin était glacé et cruel.

— Si tu ne t'étais pas comporté comme un imbécile il y a des années en te brouillant avec ta famille et en quittant le royaume, nous aurions vécu comme des princes.

A présent, il ne restait plus aucune trace de l'affection coutumière avec laquelle il s'adressait à son père. Ses yeux étincelaient de haine.

— A cause de toi, nous n'avons eu droit à rien ! Il y a un an, je suis venu visiter le pays. Mais les gardes ont refusé de me laisser entrer au palais. Personne ne savait que j'étais de la famille royale.

Maintenant qu'il avait commencé à parler, il semblait habité par un démon qui le poussait à cracher son venin.

— J'ai passé quelque temps à la Taverne des Soldats du Roi et j'y ai rencontré Shane. J'ai mis alors au point un plan pour récupérer ce qui me revenait de droit.

— Vous vous êtes organisé pour que votre frère parvienne en premier sur les lieux de l'accident et devienne ainsi le suspect numéro un, reprit Adam, cherchant à remettre en place toutes les places du puzzle.

— Depuis le début, ce vieux Jake m'a servi de bouc émissaire ! Il est si bête qu'il est tombé dans le panneau sans se douter qu'il courait à sa perte. J'ai utilisé son nom pour demander une copie du traité d'Edenbourg et j'ai imité sa signature. Je me doutais que tous les soupçons se porteraient ainsi sur lui. Cet imbécile n'a même pas sourcillé quand, à notre arrivée à Edenbourg, je lui ai conseillé de rejoindre la capitale par la côte où j'avais organisé l'accident ! Il a marché dans la combine au-delà de mes espérances ! Il est si crédule !

A chaque mot de Luke, Edward se tassait davantage sur son fauteuil.

— Mais... je ne comprends pas, remarqua le roi Michael en fronçant les sourcils. M'enlever puis kidnapper mon fils ne vous garantissaient pas d'accéder au trône. Comment saviez-vous que votre père tomberait malade ?

Un sourire mauvais se dessina sur les lèvres de Luke.

— Père adore boire une tasse de thé chaque soir et je n'oublie jamais de la lui servir.

— Tu l'empoisonnais ! hurla Isabel.

— Mon Dieu ! s'écria Edward. Tenais-tu donc à ce point à diriger Edenbourg ?

136

Les yeux fous, Luke ricana.

— Je me moque comme d'une guigne de ce royaume à la noix !

— Mais alors pourquoi ? Pourquoi tous ces crimes ? lui demanda Adam.

— A cause des Joyaux de la Couronne, bien sûr ! Une fois devenu roi, j'en aurais pris possession et j'aurais laissé Shane et ses amis faire ce qu'ils voulaient du pays. Seule cette fabuleuse fortune m'intéressait.

Il se tourna vers le roi Michael.

— Je vous ai fait enlever pour obtenir de vous l'emplacement de la salle du trésor et le code secret pour y accéder. Willie était chargé de vous faire parler. Malheureusement, vous avez été victime de cette crise cardiaque qui vous a fait perdre l'usage de la parole. J'ai donc été obligé de kidnapper Nicholas, mais Ben Lockhart avait pris sa place et il ne pouvait évidemment pas nous renseigner.

Puis son regard se dirigea sur Dominique.

— Je me suis soudain rendu compte que la fille du roi portait peut-être un héritier mâle qui aurait toute légitimité pour revendiquer la Couronne. Il me fallait donc hâter le cours des événements pour m'emparer du trône avant la naissance, avant qu'il ne soit trop tard. J'ai alors augmenté les doses de poison dans le thé de mon père pour accélérer le processus.

— Sortez-le ! cria Edward d'une voix faible. Je ne supporte plus de le voir. La chair de ma chair, le sang de mon sang m'aurait tué pour de l'argent !

— Emmenez-le ! ordonna le roi Michael. Et conduisez mon cher frère auprès d'un médecin, qu'il reçoive immédiatement des soins.

*
* *

Une demi-heure plus tard, Michael et Joséphine retournèrent dans la cathédrale. Le roi leva les bras sous les ovations d̲   foule qui l'acclamait, scandant son nom encore et e̲ ̲o̲re.

A la dérobée, Isabel observa Adam qui se tenait entre son père et son frère. Comme s'il devinait son regard, il se tourna vers elle et elle comprit qu'il partageait sa joie. Grâce à eux, le coupable avait été démasqué et passerait des années sous les verrous.

Tandis que le monarque s'adressait à son peuple, des soldats étaient en route pour arrêter les membres du groupe qui l'avait fait prisonnier. Tous les dangers étaient à présent écartés pour sa famille. Mais derrière la joie qui étreignait son cœur, restait son amour toujours présent pour Adam.

Dès que l'assistance se fut calmée, le roi Michael s'éclaircit la voix :

— Mes chers amis, voici bien longtemps que je ne me suis pas tenu devant vous.

De nouveau, l'assemblée frisa l'hystérie et le roi leva la main pour réclamer le silence.

— Pendant ma captivité, j'ai eu beaucoup de temps pour réfléchir à ce qui était important dans ma vie. Comme tout m'était retiré, j'ai pris conscience de ce qui me manquait le plus... et c'était l'amour... L'amour pour mon pays et l'amour pour ma famille.

Il prit la main de la reine Joséphine.

— Désormais, j'aimerais profiter davantage de ma femme, de mes enfants et de mes petits-enfants... Et j'ai cru comprendre qu'une nouvelle petite princesse verrait bientôt le jour.

A l'idée d'avoir sous peu une autre nièce à chérir, les yeux d'Isabel se remplirent de larmes de bonheur.

— Vous êtes venus pour un couronnement et vous allez assister à un couronnement, poursuivit le roi Michael. Je souhaite que mon fils me succède sur le trône. Je sais qu'il gouvernera le royaume avec justice et bonté.

— Vive le roi Nicholas ! cria la foule.

Isabel suivit avec émotion la cérémonie qui consacrait son frère à la fonction suprême. Elle devina qu'ils entraient dans une nouvelle ère. Son père avait choisi de donner la priorité à l'amour plutôt qu'au devoir et elle songea de nouveau à Adam.

Dans la cohue, la jeune femme ne put le localiser et dut se résoudre à quitter la cathédrale sans l'avoir revu. Accompagnée des siens, elle se rendit au château où les festivités du sacre allaient commencer.

La salle de réception était bondée. L'ambiance était à la bonne humeur, les sourires sur tous les visages, et les rires fusaient. Seule Isabel ne réussissait pas à partager l'euphorie générale. Une infinie tristesse lui broyait le cœur.

Sans but, elle traversa la pièce et finit par se poster aux côtés de Nicholas qui recevait les félicitations de leurs invités. En voyant Sebastian Lansbury s'approcher, elle fronça les sourcils. Dans son élégant costume, avec ses cheveux blonds laqués et son sourire étudié, il lui parut plus poseur que jamais.

— Isabel, ma chère ! J'étais très inquiet quand ta secrétaire m'a appris que tu avais pris quelques jours de vacances, loin de tous, loin de moi.

Comme il regardait par-dessus son épaule, elle se rendit compte qu'il contemplait son propre reflet dans un miroir mural derrière elle.

— C'est vrai, je suis partie deux semaines avec mon amoureux, répliqua-t-elle d'un ton désinvolte.

Stupéfait, il la dévisagea, les yeux écarquillés.

— Pardon ?

Le pourpre envahit le visage de la jeune femme. Pourquoi avait-elle dit ça ?

— Sebastian, tu es très gentil mais ne m'en veux pas, j'ai besoin d'être seule, à présent.

A cet instant, elle remarqua Adam debout près des fenêtres.

— Je suis sûr que non, protesta Sebastian. Le roi Nicholas et sa femme vont ouvrir le bal. Tu vas évidemment m'accorder cette valse !

— Non, trouve-toi une autre cavalière. Je n'ai aucune envie de danser avec toi ni de t'épouser, d'ailleurs.

Elle réprima les larmes qui lui montaient aux yeux. A présent que les événements dramatiques étaient terminés, que son père et son frère étaient sains et saufs, elle n'avait plus rien pour occuper son esprit et la douleur qui broyait son cœur devenait insupportable.

Quand Sebastian s'éloigna, elle poussa un soupir de soulagement. Elle jeta un coup d'œil vers Adam. Il discutait avec Nicholas. Peut-être ne se marierait-elle jamais. Elle ne pouvait s'imaginer partager la vie d'un autre.

— Tu es amoureuse de lui...

Isabel se retourna pour découvrir sa belle-sœur, Rebecca.

— De qui ? Sebastian ?

— Certainement pas ! Tu as meilleur goût. Je parlais d'Adam.

Un instant, Isabel hésita à la contredire mais y renonça. Elle ne pouvait nier l'amour qu'elle éprouvait pour lui.

— Oui, répondit-elle doucement.

— Et il t'aime, poursuivit Rebecca. Il te regarde comme Nicholas me regarde, comme si tu étais la seule femme au monde.

Interloquée, Isabel dévisagea sa belle-sœur, se demandant si elle était dans le vrai.

— Tu crois, tu crois vraiment qu'il est amoureux de moi ?

Rebecca sourit.

— Je le sais. Et si tu veux faire preuve d'une once d'intelligence, écoute ton cœur et ne le laisse pas s'en aller.

La vue brouillée de larmes, Isabel serra la main de la nouvelle reine.

— Tu vas être une merveilleuse souveraine pour le pays.

L'orchestre commençait à jouer mais Rebecca ne lâchait pas sa belle-sœur.

— Tant que mon rôle consistera à aimer le roi, mes fonctions me conviendront.

— Va le rejoindre. Personne ne dansera avant que tu n'ouvres le bal avec Nicholas.

Devant la foule attendrie, le nouveau roi et sa femme entamèrent une valse de Strauss. Tout en tourbillonnant sur la piste, ils se dévoraient du regard comme s'ils étaient seuls au monde.

Rebecca avait-elle raison ? Adam l'aimait-elle ? Ou la nouvelle reine était-elle si profondément amoureuse de Nicholas qu'elle voyait l'amour partout, même là où il n'y en avait pas ?

De nouveau, Isabel chercha Adam et fut surprise de le découvrir les yeux rivés sur elle. Dans ses magnifiques prunelles grises, elle vit briller une telle flamme qu'elle comprit ce qui lui restait à faire...

A la vue d'Isabel discutant avec Sebastian Lansbury, Adam n'avait pu réprimer une pointe de jalousie. D'un certain côté, il trouvait pourtant qu'ils formaient un joli couple... Lansbury avec ses cheveux blonds et soyeux et Isabel avec sa longue chevelure brune et sensuelle.

Il tenta de repousser les souvenirs de la princesse dans ses bras, de leurs corps enlacés à leurs réveils. Il préférait oublier la passion qui teintait leurs baisers, le trouble dans lequel le plongeaient leurs nuits ensemble.

Et il refusait de penser à quel point il lui serait difficile de travailler de nouveau avec elle sans se rappeler l'intimité qu'ils avaient partagée pendant leur prétendue vie conjugale.

Il fallait qu'il sorte, qu'il aille quelque part où il ne la verrait pas, où il n'aurait pas à lui parler, ni à la regarder bavarder et danser avec Sebastian Lansbury.

Comme il s'apprêtait à quitter discrètement la salle de bal, Isabel surgit devant lui. Dans sa robe verte qui s'harmonisait merveilleusement bien à ses yeux de jade, elle semblait incarner le printemps. Et quand les flagrances de son parfum lui chatouillèrent les narines, une bouffée de désir s'empara de lui.

— Commandant Sinclair, dit-elle pour le saluer.

Elle avait cette lueur dans ses prunelles, cette flamme qui indiquait toujours des ennuis à venir, et il se raidit.

— Votre Altesse.

— Ce fut une journée merveilleuse, non ?

— C'est toujours le cas lorsqu'une histoire se termine bien.

Un long moment elle le dévisagea en silence, avant de lui demander :

— Veux-tu m'inviter à danser, Adam ?

Il aurait préféré refuser, ne voulant risquer de la tenir une fois de plus dans ses bras et de sentir sa chaleur, de se perdre dans ses yeux magnifiques.

Mais il en fut incapable.

Résigné, il s'inclina, lui enlaça la taille et tous deux virevoltèrent sur la piste au rythme lent de la musique.

Adam avait l'impression d'être au paradis. L'étreindre contre lui le comblait de bonheur. Comme d'habitude, il s'émerveilla de la façon dont leurs corps s'emboîtaient à la perfection. Qu'il se sentait bien avec elle !

Ils valsaient depuis un moment quand elle pencha la tête pour le regarder.

— Tu m'as manqué, Adam, murmura-t-elle.

— Ne dis pas ça, Isabel, répondit-il doucement.

— Tu ne veux pas que je te dise quoi ? Que tu m'as manqué ? Que je t'aime ? Si je te le cache plus longtemps, je vais exploser !

— Isabel, tu es princesse, protesta-t-il, touché au cœur par ses tendres aveux.

— C'est vrai. Et toi, tu es l'homme avec qui j'ai envie de passer le reste de ma vie.

— Je n'ai rien à te donner.

Elle lui sourit.

— Aime-moi, je ne te demande rien d'autre.

Comme il aurait été facile de la croire, de plonger dans la douce lumière de ses yeux, de céder à ses désirs, de la suivre...

— Ce n'est pas si simple.

— Mais si ! Si tu m'aimes autant que je t'aime, il n'y a aucun problème. Dis-moi, Adam. M'aimes-tu ?

Tendue, elle se mordilla les lèvres.

Il aurait voulu mentir. Tout serait tellement plus aisé pour eux deux s'il était capable de prétendre ne rien éprouver pour elle. Mais comment aurait-il pu nier ce que lui criait son cœur ?

— Je t'aime, Isabel, reconnut-il avec un soupir. Je t'aime depuis que je t'ai eue comme recrue sous mes ordres. Je t'aimais encore quand tu as quitté l'armée pour travailler au Ministère de la Défense. Parfois, j'ai l'impression que je t'aime depuis toujours.

A chaque mot, le regard d'Isabel devenait plus brillant.

— Mais Isabel, cela ne change rien. Tu es ce que tu es, tu dois te plier aux vœux de ton père et maintenant de ton frère…

Isabel hocha la tête.

— Tu as raison.

S'arrêtant de danser, elle le prit par la main.

— Viens avec moi.

Et d'un pas décidé, elle l'entraîna vers l'estrade où se tenaient Nicholas, Rebecca, Michael et Joséphine.

— Que fais-tu ? demanda Adam avec inquiétude.

Il aperçut Marcus Kent, un bras autour de la taille de Dominique, sa femme, et Jake Stanbury discutant avec la sienne, Rowena. Ben et Meagan Moore étaient également ensemble. Adam savait qu'ils se marieraient prochainement.

L'enlèvement du roi avait eu au moins un effet positif, celui de permettre à des jeunes gens de l'entourage royal de rencontrer l'amour, exactement comme lui, Adam, l'avait trouvé avec Isabel. Mais Adam n'était qu'un officier de Marine, il n'avait rien du prétendant idéal que souhaitaient le roi Michael et à présent le roi Nicholas pour Isabel.

— Reste là un instant, lui dit-elle.

Elle le lâcha et il la regarda avec curiosité grimper sur l'estrade, puis choisir une rose écarlate dans un vase avant de revenir vers lui.

— Que fais-tu ? demanda-t-il à mi-voix, conscient que la musique s'était arrêtée et qu'ils étaient devenus soudain le centre d'attention de toute la salle.

— C'est une ancienne coutume, lui expliqua-t-elle.

Elle embrassa la fleur avant de la glisser derrière l'oreille d'Adam.

Gêné, il la dévisagea et se tourna vers Nicholas et Michael. Tous deux hochèrent la tête en souriant puis l'assistance se mit à crier de joie et à battre des mains.

— Que se passe-t-il ? demanda Adam, perdu.

— Mon père et le nouveau roi viennent de donner leur approbation à nos fiançailles.

Avant que Adam n'ait pu répliquer, le roi Nicholas prit la parole.

— Que votre union soit bénie par beaucoup d'héritiers.

De nouveau, la foule applaudit à tout rompre et l'orchestre se mit à jouer un air joyeux tandis qu'Adam regardait Isabel, éberlué.

— Qu'as-tu fait ?

Elle leva le menton, une lueur têtue dans ses superbes prunelles.

— J'ai fait ce qu'il fallait pour obtenir ce que je voulais.

Puis elle lui prit le bras et l'entraîna cette fois vers la véranda.

Dans ses yeux émeraude, il voyait son âme à nu.

— Il y a des années, j'ai renoncé à toi pour ne pas mettre en péril ta carrière. Ensuite, j'ai compris que tu ne t'autoriserais pas à m'aimer tant que les soupçons planeraient sur ce qu'il était advenu de ton père. Alors j'ai demandé à des détectives privés de découvrir la vérité. En te révélant ce qu'ils avaient découvert, je pensais que plus rien ne t'empêcherait de m'aimer.

Du bout des doigts, il lui caressa le visage.

— Et je t'ai reconduite sans cérémonie à la porte...

Elle hocha la tête.

— J'en ai déduit que tu ne m'aimais pas, en tout cas pas comme je t'aimais.

— J'avais besoin d'être seul, de faire mon deuil, expliqua-t-il. Je croyais encore que le roi Michael t'imposerait d'épouser l'homme de son choix, et qu'il ne pouvait s'agir que d'un aristocrate avec des titres et une fortune.

Avec curiosité, il ajouta :

— Comment savais-tu que ton père et ton frère te donneraient leur bénédiction ?

— Je ne m'inquiétais pas pour Nicholas. Il a fait la même chose avec Rebecca et il connaît la valeur de l'amour véritable.

— Et pour le roi Michael ?

— Quand il a renoncé au trône pour passer plus de temps avec ma mère, j'ai compris qu'il n'y aurait pas de problème. Lui aussi est devenu conscient que l'amour et la famille sont un trésor.

Elle se rapprocha de lui.

— Tu m'en veux, Adam ? As-tu envie d'être mon fiancé ?

— Non.

Les yeux écarquillés de stupeur, elle le dévisagea et blêmit.

Il sourit et la reprit dans ses bras.

— Je ne veux pas être ton fiancé, Princesse Isabel, mais ton mari. Je veux t'épouser et passer le reste de ma vie avec toi.

— Oh, Adam !

Des larmes de bonheur brillaient dans ses yeux de jade et quand elle lui tendit ses lèvres, il n'hésita pas.

Il l'embrassa avec passion, avec tout l'amour et le désir qui brûlaient dans ses veines. Elle lui rendit ses baisers avec la même ferveur.

— J'espère que tu seras d'accord pour que nos fiançailles soient courtes, dit-il, lorsqu'ils s'interrompirent pour reprendre leur souffle.

— Très courtes. Si je comprends bien, ajouta-t-elle avec un sourire, le divorce de Bella et d'Adam est remis en question.

— Bella et Adam resteront unis jusqu'à ce que la mort les sépare. Leur maison sera remplie d'enfants, leur vie de rires, de rêves, et leurs cœurs d'amour.

— Je t'aime, commandant, dit-elle en nouant ses bras autour de son cou.

— Et moi aussi, je t'aime, ma princesse.

Il reprit sa bouche, scellant leur avenir par un baiser.

Épilogue

Armé d'une torche, le roi Nicholas traversa la chapelle silencieuse et plongée dans l'obscurité. Il serrait contre son cœur la petite LeAnn. Il était épuisé, mais l'excitation de la journée l'empêchait de dormir.

Quand la noce d'Isabel et d'Adam avait pris fin, il était monté à la nurserie voir si sa petite-fille dormait bien. Il pensait la trouver profondément assoupie mais elle babillait dans son berceau, les yeux grands ouverts, et lui avait décroché un grand sourire édenté.

Il n'avait pas eu le cœur de la laisser seule et l'avait donc prise dans ses bras et emmenée avec lui. Derrière l'autel, il souleva une trappe et descendit l'escalier qui menait aux catacombes.

Le faisceau lumineux guidait ses pas dans le labyrinthe souterrain et LeAnn s'amusait de voir danser leurs ombres sur les parois rocheuses.

Avec tendresse, il l'étreignit plus étroitement contre lui. Il aimait son odeur de bébé, sa douceur de petite fille. Elle était l'enfant de son cœur, le fruit de son amour fou pour Rebecca. Ce matin, lorsque Isabel et Adam s'étaient jurés un amour éternel, il avait deviné que leur union serait aussi heureuse que celle qu'il connaissait avec sa femme. Le visage d'Isabel resplendissait de bonheur. Dans sa somptueuse robe de mariée, elle ressemblait plus que jamais à une princesse.

Bientôt, Nicholas s'arrêta devant une fresque murale. Les couleurs avaient un peu passé avec le temps mais les siècles n'avaient pas entamé la force et la beauté de cette œuvre d'art.

Il regarda la nouvelle bague qui ornait sa main droite. C'était une grosse chevalière avec une pierre sculptée au milieu. La bague du roi. Son père la lui avait donnée en lui confiant la direction du pays, avant le début de la cérémonie du couronnement.

Très vite, il repéra dans la paroi rocheuse la petite alcôve que le roi Michael lui avait décrite. Il y enfonça sa bague. Aussitôt le pan de pierre bascula et la salle du trésor apparut.

Les Joyaux de la Couronne.

Quelle ironie de songer que son père avait été séquestré à quelques mètres d'ici ! Ses ravisseurs ne s'étaient jamais doutés que la fortune qu'ils convoitaient était si proche.

Du bout des doigts, Nicholas palpa la muraille de granit pour trouver l'interrupteur. La pièce était éclairée grâce à groupe électrogène. Dès que la lumière jaillit, il vit briller les bijoux, les pierres précieuses et l'or amassés par la famille royale depuis des siècles.

Il referma la porte secrète pour cacher l'entrée de la salle aux regards de ceux qui auraient pu passer par les catacombes.

Emerveillée, LeAnn tendit la main pour attraper une tiare de diamants qui étincelait sous ses yeux avant de contempler des chandeliers incrustés de pierres précieuses.

— C'est beau, n'est-ce pas, LeAnn ? Un jour, tout cela te reviendra et tu devras t'en servir pour préserver l'avenir d'Edenbourg.

La fillette applaudit comme si elle comprenait ses paroles. En la voyant bâiller, Nicholas sourit. Elle posa tendrement sa petite tête sur son épaule.

— J'espère que le moment venu, quand cette fortune sera à toi, tu comprendras que les Joyaux de la Couronne, et tout l'or du monde, ne constituent pas la vraie richesse de la vie. Cette dernière ne se trouve pas au fond d'un coffre-fort ou d'une salle au trésor.

Nicholas pensait à Rebecca, sa si jolie femme, la reine de son cœur, celle qui partageait ses rêves et ses espoirs. Il caressa doucement le dos de son enfant.

— La vraie richesse de la vie, petite fille, brille au fond de ton cœur. C'est l'amour. Ne l'oublie jamais, chérie.

En remontant l'escalier qui menait à la chapelle, il demanda à Dieu de l'aider à être un bon roi mais surtout il Le remercia de lui avoir fait comprendre qu'il était devenu riche le jour où il avait rencontré son épouse. Rebecca et LeAnn étaient ses véritables trésors.

Chère lectrice,

Vous nous êtes fidèle depuis longtemps?
Vous venez de faire notre connaissance?

C'est pour votre plaisir que nous avons
imaginé un rendez-vous chaque mois
avec vos auteurs préférés, vos
AUTEURS VEDETTE dans les
collections Azur et Horizon.

Les AUTEURS VEDETTE vous
donneront rendez-vous pour de
nouveaux livres vedette.

Pour les reconnaître, cherchez
l'étoile... Elle vous guidera!

Éditions Harlequin

LE FORUM DES LECTEURS ET LECTRICES

CHERS(ES) LECTEURS ET LECTRICES,

VOUS NOUS ETES FIDÈLES DEPUIS LONGTEMPS?

VOUS VENEZ DE FAIRE NOTRE CONNAISSANCE?

SI VOUS AVEZ DES COMMENTAIRES, DES CRITIQUES À
FORMULER, DES SUGGESTIONS À OFFRIR, N'HÉSITEZ
PAS... ÉCRIVEZ-NOUS À:
> LES ENTERPRISES HARLEQUIN LTÉE.
> 498 RUE ODILE
> FABREVILLE, LAVAL, QUÉBEC.
> H7R 5X1

C'EST AVEC VOS PRÉCIEUX COMMENTAIRES QUE NOUS
ALLONS POUVOIR MIEUX VOUS SERVIR.

DE PLUS, SI VOUS DÉSIREZ RECEVOIR UNE OU
PLUSIEURS DE VOS SÉRIES HARLEQUIN PRÉFÉRÉE(S)
À VOTRE DOMICILE, NE TARDEZ PAS À CONTACTER LE
SERVICE D'ABONNEMENT; EN APPELANT AU
(514) 875-4444 (RÉGION DE MONTRÉAL) OU 1-800-667-4444
(EXTÉRIEUR DE MONTRÉAL) OU TÉLÉCOPIEUR
(514) 523-4444 OU COURRIER ELECTRONIQUE:
AQCOURRIER@ABONNEMENT.QC.CA OU EN ÉCRIVANT À:
> ABONNEMENT QUÉBEC
> 525 RUE LOUIS-PASTEUR
> BOUCHERVILLE, QUÉBEC
> J4B 8E7

MERCI, À L'AVANCE, DE VOTRE COOPÉRATION.

BONNE LECTURE.

HARLEQUIN.

VOTRE PASSEPORT POUR LE MONDE DE L'AMOUR.

♉ ♊ ♋ ♌ ♎

69 L'ASTROLOGIE EN DIRECT
TOUT AU LONG
DE L'ANNÉE.

♒

(France métropolitaine uniquement)
Par téléphone 08.92.68.41.01
0,34 € la minute (Serveur SCESI).

Composé et édité par les
*éditions*Harlequin
Achevé d'imprimer en novembre 2004

BUSSIÈRE
GROUPE CPI

à Saint-Amand-Montrond (Cher)
Dépôt légal : décembre 2004
N° d'imprimeur : 45143 — N° d'éditeur : 10984

Imprimé en France